名家小写文集

易清华 —— 著

微暗的发光体

U0783278

北京联合出版公司
Beijing United Publishing Co.,Ltd.

图书在版编目（CIP）数据

微暗的发光体 / 易清华著 . -- 北京：北京联合出版公司 , 2024. 8. --（名家小写文集）. -- ISBN 978 -7-5596-7921-5

Ⅰ . I247.5

中国国家版本馆 CIP 数据核字第 2024AS6907 号

微暗的发光体

作　　者：易清华
主　　编：张海君
出 品 人：赵红仕
出版监制：张晓冬
责任编辑：牛炜征
特约编辑：和庚方　张　颖
封面设计：立丰天

北京联合出版公司出版
（北京市西城区德外大街 83 号楼 9 层　　100088）
三河市同力彩印有限公司印刷　新华书店经销
字数 260 千字　710 毫米 ×1000 毫米　1/16　13 印张
2024 年 8 月第 1 版　2024 年 8 月第 1 次印刷
ISBN 978-7-5596-7921-5
定价：65.00 元

目　录

第一辑
微物之上的灵

跟踪突如其来的鸟群

　　很多过去的事情，现在想起来是相当可笑的。

　　我紧紧地追随着那些突然在我们这个地区出现的鸟群，对于我来说，是一件很严肃的事情。尽管十多年过去了，我还是觉得它并不可笑。

　　那是一天下午，我看书很累了，在一条河边散步。这是一条划过平原的河流，它在我的身边流动时，在我的眼中简直就同一条蚯蚓的蠕动没有二致。它对于我来说是一种平淡无奇的事物。我已经通过资料了解了它的历史，它不是一条具有传奇色彩的河流。它的存在几乎与神话、宗教、革命、伟人、鲜血都无关。它就那么流着，仿佛离一切都很遥远。而我就走在这条河流的边上。什么也不做，什么也不想。

　　眼前的景物对我来说简直是熟视无睹。河岸上长着青草、野蒿、益母、车前、枸杞诸草，它们在下午的阳光下，显出精神萎靡不振的样子。我知道，这是植物在收敛它们的浆汁和光芒。这时一阵细微的风吹过来，给它们一点象征性的抚慰和赞赏。在远处，有三匹马和一头驴在吃草，草茎断处，传来细细的香气。河水中浮着几团麻布。正在猜想它是谁家的弃物，但就在此时，它们活了，原来是几只鸭子，从水中抽出长长的颈，嘎嘎地叫着。

突然又止息了。复而把那长长的颈子埋入水中，在人的眼中呈现那几团麻布。这是多么美丽的假象。

就在那几团麻布的上空，出现了一只鸟。继而是两只，三只。我还从来没有在这条河流发现过一只鸟儿。如果发现一只，对我来说，就是一种奇迹。我听人说过，这条河里三十年没有过鸟儿光临了。我对他说，我不相信，我可以跟他打赌。他听了我这话，就兀自一个人走开了，可见他不屑跟我纠缠这个无趣的话题。

我不知道鸟群的出现，会给这条河流带来什么。这条河流还是以前的那条吗？至少据我的观察，在外观上没有发现它有什么变化。而我现在又根本没有办法进入一条河流的内心。但我可以保证，这条河流上的鸟群，却给我本人的情感带来了巨大的变化。我感到了一种震撼。那些层出不穷的鸟儿在河流的上空出现，它完全是在我没有任何心理准备的情况下莅临的。它们仿佛是凭空出现，在我的心里造成了一道又一道的悬疑。

那都是一些白色的鸟，但我不知道它们的名字。是甲鸟吗是乙鸟吗是丙鸟吗，我在心中一一排除。它们在展翅飞翔的时候，把整个河面都要给遮住了。那些翅膀，有时紧贴水面，有时又仿佛要直冲云霄，完全是一副随心所欲的样子。这种情形很像闪电。

那是一群白色的鸟，它们在展翅飞翔的前夕，露出了胸脯上的黑点，就像一滴滴珠圆玉润的墨汁。我不知道它们有多少只？是一千只还是一万只？它们为什么不鸣叫，是沉默使然，还是它们天生就是哑鸟。

这样的一群鸟，它们从何而来，又为什么来到这里？它们的迁徙是自动还是被迫？遗憾的是，我不懂得鸟的语言，但就是我懂又有什么用，它们根本就不说话。它们是怎样彼此交流的，难道是靠它们的飞翔，靠它们的羽毛，抑或胸脯上的那些黑点？它们之间有误解吗，有权力的争夺吗，有谈情说爱吗？它们是否知道自己来到了什么地方，抑或是全然不知，就像梦游。

我就怀着这些想法跟着这群追随着流水的鸟，就像着魔一样，高一脚低一脚地跟着它们。它们飞慢时我就有意识地放慢脚步。飞在最前面的一只鸟，和飞在最后面的一只鸟是什么关系，我不知道。同时我也不知道这两只鸟是不是在这支队伍里的灵魂。它们是不是有领袖。或者它们只是一支自由散漫的队伍，因为孤独才结伴远行。如果到了目的地，它们是不是会自行解散？

我就这样跟着那群鸟，越走越远。我观察它们，就像观察我自己。我从来没有过这么强烈的好奇心。我甚至被它们这支神秘的队伍所感染。我一次又一次地滋生一种异化的冲动。我真想变成它们其中的一只，那样我就能知道它们的名字，知道它们从哪里来，要到哪里去。并且知道胸脯上的那些黑点，是怎样的一些点。它们为什么要追随着这条河流，不远处的金黄的稻田难道就不对它们造成诱惑？

一个又一个熟悉的村庄离我而去，我一点儿也没有觉得累。我开始进入一个又一个陌生的村庄。我在大堤上碰到了一个抽烟的老者。他只剩下最后一根火柴，可就在他划燃的时候，一阵风把它给吹灭了。就在他为此懊恼的时候，他看到了我，他向我借火。当我把打火机靠近他的时候，我就仿佛照亮了整个秋天。我问他，老人家，河里飞的是些什么鸟？他有些耳聋，当我把声音一次一次放大，他终于知道了我说的是什么。他好像还不知道这河里有鸟似的。他在我的手势下，看到了那些忽高忽低的鸟。他说，他从来没有看到过这种鸟。竟然还有我不认识的鸟。他顿了顿又说。我笑着离他而去。

就这样，我在寂静的河堤上走了一个下午。在我这个莫名其妙的旅程当中，记忆最深的是，我看到了一支送葬的队伍。没有鞭炮，没有锣鼓，没有招展的旗幡，甚至连一声恸哭也没有。他们就那么默默地在河堤上走着，和河床上的飞鸟如出一辙。我默默地走在其中，夹在两个垂头丧气的人中间。我不知道这两个人和那个死者是什么关系。面对那令人窒息的寂静，我不敢问，也无法问那个死者的情况。在我的有生之年，我会参加很多葬礼，但唯有这一次，使我明白了一个葬礼的全部意义。

天不知不觉就黑了，当我意识到我要回家时，一切都已经来不及了。我知道我已经走了八十里或者一百里路。而那些鸟仍然在飞。它们身上的秘密仍然没有解除。我唯一能做的事就是，默默地目送着它们远去。而我只好选择了一个小镇的客栈住了下来。如果我是一只鸟，我就可以跟着它们一起飞翔。而我不是，我只能在异乡一个陌生的床铺上想象它们的飞翔。它们在没有星光的晚上是怎样组织它们的队形，我不知道，它们中途休息的地方到底要选择在哪里？我也不知道。

在那个客栈里，我显得神情恍惚，颇具警惕心的老板娘怀疑我是个危险分子，还暗地请来了派出所的人，差点把我在留置室里关一夜。

还记得曾经把这个故事告诉过一位姑娘，很多人称她是个美丽的女巫，想不到见怪不惊的巫女竟然被我的这个故事所打动，她流着泪对我说，这就叫灵魂出窍，一个人一辈子有这样一次就足够了。

蠓 虫

　　首先是一只，在我的鼻尖上悬浮，像一粒微尘，没有生命的，但我很快就发现，是我弄错了。它，也是一个活生生的生命，像我一样。

　　虽然很多年过去了，现在想来，当我仰视的目光透过鼻尖，看到这个世界上最小的昆虫时，其实，它也是活色生香的，就像今天我们在电视上看到的，那些明星和模特一样，有着自己光彩照人的一面，有着红色的绯闻和灰色的隐私，有着自己的爱和欲，而且，经常身不由己。

　　我不知道它从何而来。是御风，还是驾车？总之，它来了，就那么简单。它没有发出任何声音，也许是因为那么小的身体，还要有一对翅膀，一张嘴，还藏着针刺和那么多只脚，声带根本就没有安放的地方，所以就只好简略掉了。都说造物弄人，其实也透着无奈。

　　蠓虫，虽然只有一粒芝麻，或者说，一个针眼那么大，但是它的翅膀丝毫也不含糊，无色透明，纤毫毕现，几乎和所有天使的翅膀没有什么两样。它们在空气中颤动，一上一下，一下一上，就像情人相爱时的呼哧声，有些急促。

　　紧接着是第二只，第三只，第四只，很多只，千百只，亿万只，密集得像一朵黑云，我头顶上的空气顿时变得稀薄起来。我不知道它们是怎样集结起来的，是靠手势，靠召唤，靠人耳听不到的声音，还是别的什么微妙的因素，我不知道，同时也无法猜测。我虽然感受到了它们强大的存在。亿万只的蠓虫，在我的眼里，就只有一只，像一只鹰，一头大象。它们只拥有一对翅膀，或者是四条强劲的腿。

很多年前的一个夏天。傍晚，一个乡村少年，脸色苍白，枯瘦如柴。他一个人在田野上疯跑。因为恐惧，因为愤怒，因为恶心，因为悲伤，因为嫉妒，因为蔑视，因为羞耻，因为尴尬，因为种种内心的原因，他选择了奔跑。因为，只有奔跑，才是他力所能及的。他只是一个乡村少年，那时候的农村，可谓是吃不饱，穿不暖，人们在生存线上挣扎。就像没有谁会去关心一个少年脚上黄胶鞋上的破洞，更不会有谁去关心一个少年，特别是他的恐惧，他的愤怒，他的恶心，他的悲伤，他的嫉妒，他的羞耻和他的尴尬。就像一只蠓虫，没有人会正视它的存在。

那个少年在奔跑，他想摆脱头上的那群蠓虫，哪知，就像不能摆脱自己的影子一样，他根本无法摆脱它们。当他驻足停下来，一群密密麻麻的蠓虫又围绕在他的头顶。反复几次之后，他终于放弃了摆脱它们的想法。他明白，它们跟着他，自有它们的理由。那就让它们跟着吧！

那么微小，无声，无臭。虽然数目繁多，但没有任何攻击性。当它偶尔沾在他的皮肤上，汗水就能够把它淹死。它的尸体更是微不足道，他不需要埋葬它。只有用手轻轻一捻，它就会和他的毛孔融为一体。当它的细胞进入他身体的时候，其实他就是一只蠓虫。根本就没有什么恐惧。没有什么愤怒。没有什么恶心。没有什么悲伤。没有什么嫉妒。没有什么羞耻。也没有什么尴尬。在奔跑中，他有幸遭遇到这样的一只、一群蠓虫时，他终于得到了解脱。因为他知道，他就是那样的一只蠓虫。

当他得知自己是一只蠓虫时，自信、梦想、荣耀、坚定……那些失而复得的品质，一起在他的内心涌动。

告诉你吧，那个乡村少年，就是我。

一片女贞叶子

　　不知何故，空气比以往任何时候都要显得黏稠，当然，这并不会影响一个人的呼吸。所以说黏稠，也仅仅只是人视觉上的，或者是感觉上的，一种轻微，一种玄妙，仅此而已。

　　就在这个时候，只要你稍稍抬起头，你就会看到一片叶子的飘落。那是一片树叶，你开始看不清它的形状，是卵形的，条形的，还是圆状的叶子，只看得见一片轻盈的绿光，在高出你脑袋的空中闪烁。人的目光在捕捉它的行踪时，也变得飘忽起来，像一片叶子。叶子在空气中降落时，翻滚，躲闪，挣扎，滑翔，反抗，妥协……几乎所有人类历史上可以抒写的情状都一一经历，才心甘情愿地着陆了。

　　就是这样的一片叶子，掉在我的脚边。

　　我怀着一种朝圣的心情，弯下腰，注视着这片叶子。卵形的，身长大约五厘米，腰宽三厘米，还加上两厘米长的叶柄，也许是刚刚才脱离母体，所以仍然显得碧绿，鲜活和滑脱。不过，我很快察觉出异样。这片叶子的叶尖上有一个黑点，仔细一瞧，原来都已经碳化了。就像我们小时候，细嫩的皮肤，饱受寄生虫的侵扰，长了一个包结。不过幸好的是，还没有向全身蔓延。叶子的颜色也是有层次的，中心的颜色要淡一些，越到边缘，绿的颜色就越深。这使我无端想起现在文化的边缘性来。处于这种边缘状态的人，也有叶子的这种心态就好了。可惜的是，除了一声浩叹，可以说，没有几个人能够做得到。

不过这种内心的感触，很快被叶子本身的结构所吸引。原来，叶子上也有一棵树，是一棵画着的树。我小时候在图画本上就是这样画树的。先画一根笔直的粗线条，象征着树干，再在两边画一些斜斜的对称向上的树枝，一直画到顶端，越画到顶端，树枝就画得越细、越短，像针尖一样。我记不起是谁告诉我这样画树的了，是启蒙老师，还是得益于自己的观察，或者根本就是无师自通。我是一个没有什么植物知识的人，从没有观察和研究过叶脉，所以叶子上有树的形象，还是第一次知道，内心就觉得震撼得不得了。

不过也就仅仅是震撼而已。这种震撼，就像是一粒火星，一闪过去也就没有了。人的一生中，这种震撼太多了，硬要作统计的话，也只能用一个比喻来形容，那就是多如天上的星星。其实想起来，也没有什么，一个人内心的震颤就是这样的，当你看得多了，司空见惯了，你就会觉得平淡，觉得麻木。你也就会视若无睹。这也是人类妥协的一种方式吧，就像树叶和风的关系。

所以，当我看到这片叶子上还有一个虫咬的小洞时，我就显得平淡多了。这个小洞比一粒米大不了多少。洞的边缘，可以看到清晰的齿印。可见那条虫子牙齿的犀利，和它噬咬时的毫不犹豫。

草履虫

　　那天，我突然梦见了草履虫。醒来的时候都不敢相信，我怎么会梦见那样的东西。都二三十年不见了。我不知道梦见草履虫意味着什么，记得弗洛伊德的《释梦》里也没有讲过这个。但是梦见草履虫，应该与性没有什么关系吧。我这样安慰自己。梦见草履虫的那天，我一整天都心事重重的，有不安之感。

　　我是一个没有什么生物学知识的人。有几次到乡下，试图去找到草履虫，翻东找西，但是每次都是徒劳。我都快记不清草履虫的样子了，但可以肯定的是，我从网络上找到的有关草履虫的图片是不对的，至少说，它并不是我记忆中的那种草履虫。我记忆中的那种草履虫，是长条形的，红褐色，而且并不是生活在水中的。

　　我记忆中的草履虫，有四个关键词可用在它的身上——死角、逃逸、黑暗和气味。

　　草履虫生活的区域，是乡村那些潮湿的死角。我发现草履虫总是在屋檐下。那时的屋檐下经常码着柴草，如果我们把柴草搬开，在最黑暗面角落里，总是能看到很多草履虫。突如其来的阳光令单细胞的它们猝不及防。看得出它们身上那些微小的触须在颤抖，在挣扎。很显然，阳光令这些草履虫心慌意乱。不过，很快，它们就调整好了情绪，开始避开阳光，朝着黑暗的角落爬去。

我很小的时候就知道了草履虫的这个秘密，当时发现这个秘密时，不禁怦然心动。记得那时，我还没有看到过火车，火车只是在我的想象中存在。于是我在自己幼小的心灵中，把那些草履虫比喻成了开向黑暗的火车。

轰隆隆，轰隆隆，开向黑暗的火车。

其实，草履虫是从来不发出声音的。

草履虫身上最厉害的武器，是它身上散发出来的气味。肯定不是臭气，不是那种慢慢腾腾的腐烂的味道。到底是什么样的气味，我实在无法用有限的语言来描述。尽管这种气味，仍然深刻地留在我的味觉中。如果勉强来描述的话，我只能打个比方，是像硫酸那样特别刺鼻的气味。那种起着腐蚀作用的气味，碰到什么，什么都可以腐烂，什么都可以摧毁的王者的气味。

一开始，草履虫这种强烈的刺鼻的气味，应该是一种自我保护的武器吧。但是到了后来，草履虫根本就没有什么天敌，它的肉体实在是不鲜，不美，就是没有那种气味，也没有谁来侵犯它。

那么，这种气味又意味着什么呢？

现在想起来，这种气味只有唯一的一种命名：那就是孤独。于是，我终于明白，我为什么梦见草履虫了。

记一条小水沟

那不过是一条小小的水沟而已，根本不值得大书特书，但我却总是有写它的冲动。尽管我已经习惯了压抑着这个念头，但有一次，它干脆就流到了我的笔端，看来我是非写它不可了。

它是一条长度不到两公里，宽度不过三米的小水沟。像这样的水沟，根本就用不着给它命名，于是，我们就叫它小水沟，再具体一点就是某某村的小水沟。它从东到西穿越了我们的整个村子，是四十年前，我们的前辈一锹一锹开挖出来的。它保证了一千多亩田地的灌溉。为我们的丰收，为我们这个村子的正常运转，做出了功不可没的贡献。这样的话不说也罢，说了也是白说。要知道像这样的村子，这样的小水沟，在中国的大地上多如牛毛。

我想说的是，这条小水沟对于一个人成长的重要。如果一个人的生命中，没有这样的一条小水沟，他的生命会显得多么逊色，多么苍白无力啊。

这条水沟每隔五百米就有一座简单的砖石小桥。我们农家的孩子，两三岁时就从这条小桥上走过去，脚下的流水看到小桥上蹒跚的脚步，仿佛一下子也流得温柔起来。随波逐流的小鸭子，多是黄色，还有白色和麻色，发出欢快的嘎嘎声。我们走出小桥，迎接我们的是无边的田野。根据季节的不同，在春天我们可以看到金黄的油菜花，在夏天看到芬芳吐穗的水稻，在秋天看到雪白的棉花，在冬天看到碧绿的蚕豆苗。

等到我们五六岁的时候，这条水沟就成了我们及时行乐的温床。在冬天，那时候每年都会有几场大雪，甚至有鸡蛋大的冰雹，无论是大人还是小孩，就都只能躲在家里不出门，在堂屋当中烧起稻草大火，侧耳倾听着门外冰雹捶打屋宇和大地的声音。狗都像懂事似的，从野外跑了进来，偎依在家里长者的脚边一声不响，支起耳朵，仿佛做着一个远古的狩猎梦。现在我们那里的孩子要看到这么大的雪，就只能在电视上了。

等到冰雹停了，我们会穿着笨重的棉衣走出去，在厚厚的雪地上翻滚。急切地走到屋外的那条水沟边上，这是我们眼中最为神秘的一个地方。我们中一个鬼主意多的小家伙，把一块石头扔了下去。石头在冰面上发出一声闷响，划出一条优美的弧线。于是我们知道了水面上结冰很厚。便一个个走下去，胆子大的走在最前面，我们手牵着手走在冰面上，是那么紧张，手挽着手一步一步地走过去。胆子小的站在岸上，脸孔紧张得通红，为冰面上的勇士们屏住了呼吸。记得有一年，五个五六岁的小孩同时落水，家家户户，有二十多户人家吧，都抱来家中最好的稻草，在岸边上烧起了冲天大火，那火光把整个天空都烧红了。五个差点冻坏的孩子脸上露出了得意受宠的笑容。大人也似乎被这冲天的火光所感染，根本就忘记了责骂他们的孩子。

夏天，涨水的季节，我们在这条水沟里学习游泳。水沟里的水涨到人家的禾坪上来了。水是那么清亮，负责灌溉农田的人一大早就肩负铁锹来看水。他们都是一些好心情的人，嘴里哼着祖传的歌谣。他们控制着水的流向，让它们流向干渴的棉花，开裂的稻田。等到水沟里的水浅了，我们就结伴来到水沟，把水搅浑。在浑水中摸鱼儿。有运气好的小孩子，一个下午能够摸到几十条，其中有鲫鱼、麻果楞、黄皮皮、洋婆婆，甚至还有鳜鱼，不过要想把它抓起来，肯定是要付出代价的。有一个小孩脚下踩着了一条鳜鱼，它身上的刺扎了一下他的小脚板，痛得他在水里打滚。后来发肿，流脓，差点把小脚脚烂掉，一个月之后，才被一个神奇的土方给治好。

这是一条美丽的水沟，不过它的美丽，现在只能长留在我们的记忆之中了。那时它美丽，是因为人们对它的保护和珍惜。每年冬天，农人们都会自发清理水沟里的淤泥和垃圾，每年夏天会用电抽水进来，让它美丽得像一个丰满的少妇。但那是很久以前了，现在的农民似乎对他们曾经如此依赖的土地冷漠了。他们的目光，向往城市的方向。他们宁肯天天打牌。土地的深处很难找到他们的心跳了。去年，我从城里来看这条久违了的小水沟，它已经荒废多年，河床早已经淤积，长满了凌乱的水草。据说，终年都是那么一层浅浅的锈黄色的水渍，在漂着，各种颜色的塑料袋，就像眼泪一样在它的睫毛上滚动。

那天，我听到了小水沟在哭泣。

丝　鸟

　　那是一种比麻雀还小的鸟，大概只有算盘珠子那么大。浑身黑黑的，比没有月亮的黑夜还黑。它也不像麻雀那样住在屋檐下，整天叽叽喳喳的，从人们的肩膀上飞过。也不像那些喜雀啊八哥啊住在高树上，它那么小，根本飞不了多高。我想，要是遇到一阵风，就会把它吹得没有踪影，像一片纸屑那样。

　　所以，丝鸟总是躲在一丛一丛的荆棘中，像闪电一样在荆棘中飞来飞去。荆棘虽然很矮，但长着密密麻麻的锋利的尖刺，你要是伸手去抓它，手臂肯定会被荆棘划得鲜血淋漓。

　　所以，丝鸟是最安全的，它不像麻雀，可以随便在屋檐下的窝里抓到，也不像喜雀或者八哥，能用鸟枪或者弹弓射杀。它太小了，你根本无法瞄准。

　　麻雀虽说怕人，但它们又总离不开人，当你舞动手臂时，它会迅速地逃离，但当你安静下来，它又会飞到你的身边。丝鸟不是这样，它远离人类，似乎不喜欢任何人类的气息，对人类嘴边剩下的食物也根本不感兴趣。它只喜欢露水、野果和昆虫。

　　丝鸟不是能歌善舞的鸟类，但也叫。三四月间，许是起春的缘故，总是叫得好勤快。每天清晨，它们都会站在屋前屋后的荆棘上，撕开嗓子，哐哩哩哐哩哩地叫喊。

那声音尖尖的，像匕手一样插进人心，给起床的和正准备起床的人一个狗血淋头的恶兆。村里的人都说，丝鸟，丝鸟，什么丝鸟，简直就是死鸟。

据说，丝鸟叫得最厉害的时候，就会有人死去。

有一年四月，小溜子又发病了，是肚子痛的老病。因为他就住在我屋隔壁，喊痛的声音传到我屋里，我心慌，就走过去，看看他到底病成个什么样子了。

他妈见我进屋，也不讲话，只把嘴巴往房里一努，我就进了小溜子睡的那间房。

小溜子迷迷糊糊的，脸面蜡黄。我不敢把他喊醒，也不愿久看他那样子，只好走出来。在房门口，我看到小溜子的妈在擦着眼泪。她担心小溜子的病诊不好了，吃了几天的药，打了几天的针，都不见好转。

那天，小溜子的妈请来了村里的一个老巫师。老巫师给小溜子做了法事之后，对小溜子的妈说，必须把屋前屋后的荆棘全部砍光。只有这样，小溜子才能保住性命。见人们半信半疑，老巫师进一步解释，是那些丝鸟在作怪。于是小溜子的妈请来村里的几名劳力，用锋利的镰刀将屋前屋后的那一丛丛荆棘全部砍光了。

因为没有了荆棘，小溜子家附近再也听不到丝鸟的叫声了。奇怪的是，三天之后，小溜子的病就真的好了。

从此，小溜子再也没有犯过病。二十多年过去，不知道人们是否还记得这件事，我只知道丝鸟还在叫，人也还在死。丝鸟的叫，人的死，两者有没有什么联系，我们是无法搞清楚的，就像鬼神，说有便有，说没有便没有。有与无，全在于心的把握。

露　水

　　那些个晨曦初露的清晨，总有一个睡眼蒙眬的乡村少年穿过无边无际的田野。他脸色苍白，打着赤脚，穿着洗得发白的短衫短裤。上衣胸口上有个刚刚撕开的小口子，还没来得及缝补。昨天晚上，他又做了一个噩梦。他瘦小的身子像锯子锯过的木柴，在黑暗的夜晚七零八落。看来，他不得不重新整理自己的身体，就像那个经验丰富的农人，把那些散乱的木柴整理成捆。

　　所以，当他在郁郁葱葱的田野上飞奔的时候，他的身子发出散架似的，吱吱嘎嘎的声响。

　　空气清新得就像母牛挤出的奶水。天空还有些灰，是那种渐渐变化着的灰，空灵的，弹性的灰。灰中透白的，闪光的灰，散发着湿润的，温馨气息的灰。他把那种灰使劲地吸进胸腔，他感觉到小小的心脏发酥，发软。他的脚步轻起来，轻起来。

　　小路两边长着司空见惯的野草。那些高的、矮的野草，温柔、调皮、沉默、善良的野草，有的甚至像老朋友那样攀着他的肩膀，或者挠着他的脚心。这些草身上都含着露水，所以，少年很快就被打湿了。

　　一棵草儿，一滴露水。

　　他生下来没多久，父亲就在维修学校的屋顶时摔了下来，注定一生要在轮椅和床上度过。家里一贫如洗。母亲天天要到野外劳动。父亲带着他，两个人，一大一小，在地上爬来爬去，家里还有一只很大的乌龟，在大小两人之间的间隙爬动，很慢很慢。他五岁的时候还不会说话，家里人急了，从远乡找来一个白胡子巫爷，鬼画桃符，无用。半年后，家里断炊多日，暴躁的父亲悬梁自尽。他搬不动父亲沉重的身体，突然大叫，来人。屋外行人闻讯赶来，救起父亲。他开始说话，并开始有了自己的名字：露水。

　　一棵草儿，一滴露水，这是一种生存方式。

小　鼠

　　这是我在电视上看到的一个节目，时间过去很久了，那只小鼠的形象在我的脑海中永不磨灭。我多次梦见它，梦见它在我的身边出现。

　　那是一个冬天，村后的一座山燃起了熊熊大火，于是，山上的诸多生命遭受了毁灭性的灾难。等到大火熄灭，到处都是烧成焦炭的动物尸体，然而生命的顽强也如野火烧不尽的草根，一些藏身于地下的小动物得以幸存。譬如一些土蜘蛛，还有一些小老鼠等等，它们在灾难过后，又重新步入生命的舞台。但严峻的是，这座舞台于它们来说，已然是一座废墟，它们的当务之急是生存，所以它们为了寻找到食物和水源而钻山打洞、上蹿下跳。

　　这时出现在我眼前的是一只小鼠，它在大火来临前夕，就已身怀六甲。大灾之后，它忍着饥饿和死亡的威胁产下了四个子女。此时的它，身子干瘦，浑身挤不出一滴奶水。无疑，在这种恶劣的情况下，它不仅养活不了自己的儿女，连它自身也朝不保夕。这时，惨烈的一幕发生了，它竟然一口一口地吞噬掉自己的孩子。它使我感到无比震惊，一个母亲怎么能够如此残忍呢？哪怕它是一只小鼠，在感情上，我仍接受不了。

　　我不忍再看，便把目光从电视机掠到窗外，窗外是一株枝条盘曲的绿树，当我的目光从窗外的绿树再一次回到电视上时，那座受灾的山已经迎来了它生命中的又一个春天，烧枯的树木披上了绿色的新装，野草萋萋而生，山溪琮琮而鸣，被大火驱赶的动物回到了家园，甚至还带来了远方的客人。到处是鸟语、兽鸣、花香，这种生命的欢腾，使我一下子忘记了小鼠所带给我的恐惧和不快。

那只小鼠竟然又怀了孕，顺利地产下了四子，我对它的母爱疑虑重重。我甚至想，像这样的母亲生孩子干什么，不是造孽吗？但是，它一开始就让我刮目相看，此时的它完全是一个称职的母亲。它总是把四个孩子紧紧地盘在身上，供给它们充足的奶水，而且过不了几天，就衔着它们迁入新居，因为它害怕它的孩子受到敌人的侵扰。孩子们断奶之后，它就出去寻找食物，虽然食物在洞穴里堆了厚厚的一层，但它仍然不辞辛劳地到处寻找。

后来，孩子们渐渐长大了，它为了孩子们的安全起见，仍然过不了几天就要迁入一个新居。这时它不需衔着孩子们迁居了，孩子们一个个比它轻不了多少，它就是衔也衔不动了。于是，娘儿母子五个，彼此咬着尾巴，组成一个列车一样的队伍，在蜿蜒的岩石道上开拔。当娘的当然是火车头了。

有一次，它们碰到了一头庞大的野牛，其实，照生存原则来说，野牛对它们不存在任何威胁，野牛根本也没有意识到它们的存在，但小鼠带着它的孩子们仓皇逃窜，最终平安地到达了新居。

但是，在到达新居后，小鼠发现，那个火车尾（最小的孩子）给弄丢了。它慌忙沿着来路寻找，并发出了吱吱的慌乱的叫声。我听不懂它的语言，但我知道它是在叫着它孩子的名字，要它回来。后来，它终于找到了那个孩子，孩子便咬着它的尾巴，母子一道奔向新居。不久，又传来了那头野牛的吼叫，它干脆衔着这个孩子，它是怕它的孩子受惊，就这样它把孩子衔进了新居。

我流泪了，并理解了那只小鼠在灾难中的那种残忍，这其实是一种赤裸的生命的本能的表现，如果它连自己的生命都保不住，那么，它怎么有能力来保护自己的孩子，怎么来施展它的母爱？

如果没有这种生命的自私，也就根本没有爱的伟大。

神秘的结合体

　　你说你怕一切软体的东西。蛇。蚕。毛虫。泥鳅。鼻涕。波浪。阴茎。在灯光暗淡的米萝咖啡的卡座里，我突然打断了你若有若无的声音，我说还有一种。我停顿了一下，抿了一小口哥伦比亚咖啡。肯定是你不想知道和了解的……一种软体。你抬起头望着我，露出那种我一辈子都无法忘记的表情。我用我的舌尖抵住上腭，下唇向上卷起，鼻翼耸动，我的口腔中感到一股细流的涌动。不知是风，还是水流，我吐出了一个字：蛆。

　　这个字一出口，我就后悔了。跟你这个有思想的白领都市女郎说这样的话，也许根本就不合时宜。但，我不能把我的话吞进去。那时我三岁。父母都到野外劳动去了，把我托付给一个残疾的邻居照管。邻居是个少女，玩性很大，瘸着腿去追赶一只蝴蝶。我一个人待着，感觉到很乏味，于是，我爬到一个粪塘边上，我看到了蛆。这不是我第一次看到蛆，但可以肯定的是，这是我第一次关注它。第一次认识它。那样白，那样胖，像雪花一样晶莹。我在粪塘中看到无数条蛆，欢蹦乱跳，摇头摆尾，那么优雅地扭动。我高兴极了。我像一个傻子，望着它们哇哇大叫。我已经失去了语言，我真想跳进粪塘中，和它们一起玩耍。三岁的我，而且是生活在极端贫困的乡村，根本没有腐烂和污秽的概念，也没有谁告诉我脏的含义。

　　一条蛆不知什么时候从粪塘中爬了上来，离我没有多远。我蹲下来，饶有兴味地看着它的出现。它的身子一伸一缩，伸的时候，身子细长；缩的时候，身子粗短。在不断的变粗变细之间，那条蛆就爬到了我的脚边。它根本就不怕人，比蚂蚁的胆子大多了。它没有眼睛，没有耳朵，没有脑袋，而且浑身雪白。我把一只小手拦在它的面前，它也不知道躲避，身子照样一长一短，没多长时间，就爬进了我的手心。尽管它的爬动很轻，但我仍然感到有点痒，于是我咯咯咯地笑了起来。而它一点也不慌张，根本不明白自己的处境，要是一只蚂蚁，它一定会四处奔逃。

　　我一直有一种冲动。我想和你说说蛆。一种很小很小的软体。一种生存的伟大智慧。蝇在飞翔的时候产下卵，或许是为了安全起见，卵一般被伟大的母亲产在那些黑暗的腐烂的地方，那里不适宜别的生命生存，所以不会被弱肉强食。几个小时后，孵化成幼虫，也就是我们所看到的蛆。蛆经过几天的生长，长得又白又胖的时候，化为蛹。然后羽化，再次成为蝇。这种生命的经历和成长是复杂的，神秘的，想想，凤凰涅槃也不过如此。

　　我真的想对你说，蛆是美的，是神秘的结合体。

花　蛇

　　我不知道这条花蛇来自哪里，更不知道它在我们家里已经住了多长时间。第一次看见它，是在一个春雨绵绵的日子。我正在墙上用一块木炭画着一个解放军叔叔。突然，我看见一个墙角的缝里有一条蛇，它的身上有着蝴蝶一样的斑纹。它在扭来扭去的时候，身上好像有无数只蝴蝶要飞起来似的。蛇！我惊叫起来。连忙拿起一把瓦刀，我要像我所画的那个解放军叔叔那样勇敢，砍它个一刀两断！

　　母亲上来阻拦，说砍不得，千万砍不得，还说进屋来的不是蛇，而是神，是家神。有了家神，就会保佑一家人无病无灾。

　　我怎么也弄不明白，明明是一条蛇，为什么会是家神？

　　母亲并没有跟我做过多的解释，只是说，家里的蛇就是家神，自古如此。

　　我再次质问，要是它咬了人呢？母亲微笑着，别怕，它是来保佑我们的，怎么会咬人呢。

　　母亲话音未落，那条花蛇身子一缩，就不见了踪影。

　　一天早晨，我像往常那样去打开鸡栏门，小鸡崽跟着它们的母亲扑棱棱蹿出来，高兴地抖动小翅膀。我数数，少了一只。母亲问我，鸡栏是不是被什么咬了一个洞，我说鸡栏背后是有个洞，我早就发现了。母亲接着说，鸡崽是被黄鼠狼吃了。我想也是。那时候，黄鼠狼多，常常在屋前屋后蹿来蹿去的，要么偷去一两只小鸡，要么见了人打一个臭屁溜之大吉。

父亲说那只小鸡不是黄鼠狼吃的。他说，黄鼠狼像日本鬼子，进了鸡栏杀光光，不会留下活口的，应该是那条花蛇做的好事。母亲根本不相信父亲的话，她说蛇是家神，不会吃家里的小鸡。父亲说，这条蛇是家神没错，但它也得吃东西啊。

而母亲说，它是家神，就不会吃家里的小鸡，要吃，它也是吃老鼠。

把鸡栏的那个洞堵塞后，小鸡们安然无恙。

一天，我拿着一块木炭在墙上画着一辆坦克时，又在墙角看到了那条蛇，这次，它竟然盘成一团，就像一个草饼一动不动。我观察了它好久，它仍然一动不动，我怀疑它是不是死了，便伸长手臂，用一根细木棍远远地轻轻地拨动它，它仍然一动不动。这时，母亲抱着一捆干柴走了过来，我连忙告诉她，花蛇死了。

母亲顿时脸色苍白。我知道她紧张的原因，蛇是家神，家神死了，就不能保佑我们一家平安了。

这时，父亲闻讯赶来，走上前去，用手拨弄了一下盘成一团的花蛇，然后告诉我们一个振奋人心的消息，它没有死，是饿成那样的，应该是好多天没有吃东西了。

没有小鸡吃了，它为什么不吃老鼠啊？我问。

家里的猫把那些老鼠都吃掉了，或者赶跑了，它没有老鼠可吃了。父亲说。

母亲恍然大悟，连忙从鸡窝中拿出一枚热乎乎的鸡蛋，放在花蛇的边上。花蛇仍然一动不动，母亲和我都急了，它为什么不吃啊。

父亲微笑着说，不是说了吗，它不是蛇，是家神，所以，它是要面子的，我们站在这里，它怎么好意思吃啊。

于是我们走开，大概两个小时后，我再次走了进来，那条花蛇不见了，只留下一个蛋壳。

从此，我就相信了，那条花蛇真的就是我家的神。

燕　子

　　黑色的小鸟，弹丸一样射击过来，停在电线上。这是初来乍到的燕子。小两口自成一对，呢喃无间，翻出胸脯上细碎的白羽，俯冲而下，朝农家的茅舍翩飞而去。

　　燕飞旺人家，世世代代人都这样说。天上飞着如闪电的燕子，地上跟着疯跑的孩子。孩子们跟着燕子，希望这最先飞来的一对燕子，飞进的是自己的家，而不是王小三、李老二家。燕飞人精神啊，人都择邻而居，何况这吉祥的欢乐的精灵。早在李花白、桃花开，就在堂屋的第二根横梁上，架梯上去，打眼钉钉，安上拱形的小瓦，最多的有人家安上四至五片，一片便是一个窝架。

　　小两口飞入柴扉，看到这现成的窝架，有了一种做客的尊严和荣耀。于是唧唧地欢叫，表示感谢而又不失做客的身份。一个旋子消失了，再次出现的时候，嘴里衔满了新鲜的春泥。

　　燕子忙忙碌碌，飞进飞出，泥衔来了，碎羽衔来了，一番辛苦，它们组建了自己的家。那时候的它们，是那么的自由和快乐。在屋梁上唧唧地欢叫、打水，没有一个人感到厌烦。即使拉出屎来，溅在地上，饭桌上，甚至是人的脸上，也没有谁会在意，呵呵地一笑了事。那时候住在茅草屋的农人们，可没有什么讲究，为的是肚子吃饱，肚子一饱，也就什么都好。猪睡在床下，有了个说话的；鸡慌了，跳上饭桌，多了一张嘴巴。这世上，没有什么脏不脏的，入口的粮食菜蔬，哪样不是粪里长的。

　　这燕子，的确被爱心和关怀所围绕，燕什么时候生的蛋，有几枚，以及母燕什么时候落孵，我们都了如指掌。等到小燕儿脱壳而出，在窝边伸出嫩黄的嘴巴嗷嗷待哺，又更是一番闹热，我们也都不嫌吵闹。如果有初生羽毛的小燕儿不慎掉了下来，穿着开裆裤的我们，会找来一架木梯，捧着小燕儿把它送到窠里。

　　但是后来，农村条件好了起来。家里的孩子一旦成人，便涌进城里去打工。他们把赚到的大把钞票拿回家，把以前贫寒的茅房或者土砖屋推倒，建起了高楼大厦。他们不再欢迎燕子，只要燕子一飞进家门，便紧张得不行，生怕它们拉屎，生怕它们吵闹。在这样的高楼大厦里，再也没有了燕子们的一席之地。可怜的燕儿，只好被一家赶出，又不得不飞往另外的一家，无休无止，在家与家之间流浪。

　　这燕，究竟是怎样的一种鸟儿啊？它们为什么天生就跟人类这么亲近？非要住在人们的家里？这算不算得上是一种寄人篱下？它们为什么不在树上，或者在屋檐下组建它们独立的家？它们又为什么那样敏感，自尊心那么强？既然不再受到人们的尊重，它们为什么不选择一个新的生活环境，同冷漠的人道声拜拜，而是那样伤心地孤苦地从一家飞到另外的一家？它们是不是宁愿选择死亡，也不愿在树上、屋檐下，或者别的什么地方安家？它们是浪漫的诗人吗？还是干脆就是疯子？

黄　狗

　　那是个特别炎热的夏天，我病了，不知得的是什么病，很难治愈。每天，我吃过早饭，就一个人沿着一条崎岖的山路，朝公社的医院走去。父母在生产队劳动，没有时间陪我，跟着我的只有家里那条叫黄毛的小母狗。

　　现在想来，那条平常的乡村小路，对一个小孩来说，简直是险象环生。一条蜿蜒的小河在小路的右侧随行，父母派一条瘦弱无比的狗来照顾我，简直就是掩耳盗铃。狗尽管真诚，但它一点也不懂事。一只蝴蝶从油菜地里飞过来了，黄毛就去逗它，追赶它，它比一个小孩还爱玩儿。在过那独木小桥时，它从来不扶着我，只顾它自己的安全，它一跃就过去了，而我要在上面战战兢兢地走好久。

　　过了独木桥，前面一户人家有一条恶狗，那恶狗扑向我们时，黄毛总是躲在我的身后，寻求庇护，一旦有风吹草动，它比五六岁的我逃得还快。

　　我在公社医院打了针后就往回赶，那条小街没有什么值得我留恋的。黄毛更是，因为我们时常要受到街上那些顽劣的小孩和恶狗的欺负。黄毛在经过一条屠墩时，从来没想到要弄一根骨头什么的，那时资源匮乏，人都没的吃的。所以，黄毛在经过屠墩时目不斜视，但在屠墩底下，正啃着骨头的一只大公狗看到了黄毛，它不由分说就扑了上来。

大公狗要强暴黄毛。

黄毛不情愿，它的眼里含着一种无助的怯懦，往后退缩着。不要，不要啊，如果它会说话，它一定会是这样呼喊。它的嘴里发出哀鸣。一线扯都扯不断的涎液，在它的嘴角延伸，真是可怜极了。

大公狗的前脚很快就控制了黄毛的身体。黄毛的前肢低下去，后臀耸起来，哀哀地叫着。

这时，小街上的人都围拢了过来。他们都是这条街上的寄生虫，哪里有热闹哪里就有他们，哪里没有热闹他们就在哪里制造热闹。仿佛这个世界上没有了热闹，他们就没了生存的土壤。

大公狗后腿间的那个难看的东西伸了出来。在众人的吆喝声中，那个东西变得越来越粗大，冒着热气，就像一根烧火棍一样在空气中呼呼地燃烧。它不顾一切地插入了黄毛的身体。我听得到黄毛的身体被烧灼的声音。黄毛的身子战栗着，让一种外来的力量控制，这种力量一会儿把它的身体提到空中，一会儿又把它压扁在地下。

这时，我不知从哪里来的勇气，找到一根指头粗的木棍，握着它抽打大公狗，去，你这个讨厌的坏家伙，我用恶狠狠的声音驱赶着。大公狗正在兴头上，我的抽打和驱赶根本对它不起作用。但我没有想到的是，我的行为竟然引起了那几个寄生虫的强烈不满。你这个小病壳子，要你管什么闲事，大公狗又没日你母亲。这时，也不知是谁一脚把我揣在了地上。要在平时，我早已经哇哇大哭起来。我也不明白这一次为什么没哭。很久后，大公狗才松开黄毛，黄毛瘫软在地上，动弹不得。

黄毛被大公狗强奸之后，就怀孕了，一胎生下了六个小狗崽子。那是六个粉嘟嘟的可爱的小家伙。我欢喜极了。等到第二天去看的时候，突然发现少了一只。温暖的小狗窝里就只留下了一丁点儿血迹。第三天去看的时候，又少了一只。我看到了一根白生生的小骨头。猜想是什么动物来夺去了小狗狗的生命。我很难过，想了很多对策，但第四天，又少了一只，直到最后一只都被消灭，我才搞清楚，原来根本不是什么黄鼠狼，而是黄毛自己作的孽，是它把亲生骨肉一个个吃掉了。之后，黄毛就再也没有怀过孕。

感谢黄毛，它让我很早就明白了尊严对于一个人的重要。

第二辑
心随四季流转

春，泛舟无名河上
夏，孩子去哪儿了
秋，在初恋小镇徜徉
冬，聆听岁月的风声
………

春，泛舟无名河上

透明的风，在两岸的绿树上打盹。静止的水，在绵密的草蔓上沉睡。这盈盈的一脉，于我是陌生的，但在我的内心又觉得似曾相识。船夫弯了一下身子，把手中那支长长的竹竿轻轻一点，一些碎花似的波纹，从水面上缓慢地探出，仿佛一个久远的梦，最终发出了一串串细碎、甜蜜的呓语。

在这光滑如丝绸的水面之上，木舟缓缓地朝前滑动。

静极。恍然坐在木舟上的我的心，完全被这静所俘虏。我的这一生，还从未经历过如此静止的河流，静止得就像内心深处的一抹忧伤。它存在着，无色，透明，从不浮现。木舟之外的世界，万水千山，物换星移，而我只有这紧箍咒似的静。我一直弄不明白，所谓的沧海桑田，所谓的前尘后世，到了最终，为什么只是一个静，只是一个止。而更吊诡的是，这个所谓的静，这个所谓的止，又不是一个静字和一个止字所诠释得了的。那么，这造物的奥妙究竟在哪里？

不管有多静止，毫无疑问，我所乘的这只木舟还是在向前航行。就像无边无际的时间一直在以我无法感受的方式流动，直到把我淹没。听老人们说，这是一条古老的河流，曾经很宽，很深，经历过商旅的繁荣与战争的洗礼。问题是，那熙来攘往的商船呢，那人吼马嘶的征战呢，那汹涌的波涛呢，如今都去了哪里？水看起来是那样的浅，那样的清，就像一面镜子，而这窄窄的河道，业已宽不过一根钓竿。几个恍如隔世的钓者在气定神闲地垂钓。但在这静止的水面上，有时甚至看不到一个水泡，看不到一只小虫，会有鱼吗，如果没有鱼，那他们钓的是什么？如果没有鱼，他们的身份是否会因此而改变？抑或，他们不是钓者，而本身就是一条条鱼？在这条古老的无名河里，做一条鱼的幸福指数会是多少？

容身在这小小的木舟之上，不禁感慨万千。我曾经热衷于精致的隐喻，繁复的象征，备受着情感的煎熬，并在煎熬中前行，在前行中煎熬。独自擦干泪痕，悄悄舔净血迹。如果我是这样的一尾鱼，这条无名河的水是否能为我疗伤？这温软的河床是否能成为我受伤灵魂的依靠？就像一面镜子接纳一线微暗的光亮。

就在这个时候，我看到了水草。它们是那么茂盛地在河床上生长，一条一条整齐绵密地排列着，就像被篦子梳理过一样，一点也不蓬乱，一点也不拥挤，更没有任何纠结，就那样安静地毫无怨言地托起了这条无名河。是的，没有一条水草想从水面上探出头来，就在那水波之下，一味地绿着，一味地鲜活着。是那流动的水改变了它们的脾气，还是它们减缓了水的流动？这是一种妥协，还是一种抗争？或者二者兼有？是一种存乎于天地之间的大爱？

此刻，我不由得想起了另外一条河流。它在遥远的南非，一个叫索韦托的地方流着，同时也静静地流淌在一首诗里。

　　　在索韦托的一条无名河
　　一些人说它流动着血
　　另一些人说它流动着泪
　　一个首领则说

> 它流动着健康与纯洁
> 这样的河水
> 索韦托人还没有谁喝过

这首诗歌的作者是一个叫津姬·曼德拉的女人，她的父亲就是那样的一位首领，为了一条无名的河流不再流动着泪，不再流动着血，而是流动着健康与纯洁，他曾经面对铁窗二十八年，并整整奋斗了一生。

此刻，泛舟在这条无名河上的我，感受到了从未有过的充实、安宁与美。

夏，孩子去哪儿了

暑假的一天，陪儿子去电影院看学校要求看的电影《孩子在哪里》。可能是空调出了故障，制冷效果不好，加上电影又不好看，导致我和儿子大汗淋漓，且如坐针毡。后来我不得不出去，买了冰镇饮料和玉米花回来，这才将儿子稳住，得以将影片勉强看完。

这的确是一部比较乏味、沉闷的电影，并不适合儿童观看，只是内容与儿童有关罢了。讲的是四川农村的儿童失踪案。想必是二十世纪八九十年代拍的，明显的粗制滥造，技术上也不过关。拍得纪实不像纪实，故事不像故事。或许是这个片子有些教育意义，才使得电影院把它从多年的尘埃中翻将出来。儿子一边吃着玉米花一边心不在焉地看着电影，这不能怪他，片中所讲述的故事实在离他的趣味太远。

儿童失踪案频发在二十世纪八九十年代，想起来都惊心动魄。还记得有一年，我在一家公安杂志当记者，参与了一个由省委宣传部牵头组织的新闻报道组。说的是一个叫秀秀的女孩，在她十九岁时，突然想起她三岁时被人拐卖，她知道自己是湘南人，留在她记忆中最深的印象是，她的屋后有一条铁路，她就是在那里被一个"好心"的阿姨给抱走的。当时她在山东的一个海滨城市打工，于是她把信写到《山东青年报》求助，希望能找到自己的亲生父母。结果引起了一个姓姜的记者的关注，姜记者开始在媒体上为她呼吁，最后得到了公安部的重视。

案子很快就有了进展。说秀秀的家是在湖南耒阳市的一个什么地方。结果她到了那户农家，电视媒体及时跟进，秀秀又很会讲话，和那家父母相认，抱头痛哭，场面很是煽情，惹得在场的人无不落泪。但是后来经过鉴定，她并不是那家的女儿。知道不是之后，秀秀仍然管那家父母叫爸妈。电视镜头看得人心潮涌动。最后秀秀在镜头里说，她还要继续寻找自己的亲生父母。

也许是受了秀秀一事的启发，当时我所在的杂志决定搞一个失踪人口调查的策划。记得也是一个炎炎夏日，我和同事老龙和小何去了耒阳市采访调查。我们先是采访了耒阳市公安局，得知在秀秀失踪的那一年，耒阳，当时还是个县，就失踪了两百四十多个小孩。在公安局的支持下，我们采访了四五家，这些家庭丢失的都是儿子。印象最深的是耒水边上的一户人家，那个痛失爱子的男人号啕大哭，他把十个粗大的手指插在自己的头发里，哭得就像一个小孩。他哭了大概十多分钟，谁也不忍心去打扰他。后来，我看到他那坚硬的手指在他的发丛间像麻花一样扭曲起来。我的心不由得一酸。

那次看完电影之后，在儿子的要求下，我带他来到了湘江风光带的一个人造沙坑。在沙坑里玩沙子的小孩还真不少。儿子用刚买的沙具聚精会神地玩起了沙子。而我则坐在旁边的一个石凳上，开始吃起了事先准备的熟食，并喝起了冰啤。没想到的是，我突然被四五个小孩子给围住。有男孩，也有女孩。他们穿着都很简单陈旧，也没有大人带着，应该是那些来城里打工的人家的孩子。他们紧紧地盯着我吃的东西，于是我本能地问了一句，吃吗？他们都说吃，且语速很快，很清晰，很坚定。于是我戴着一次性手套给他们分食物。先是一人一片卤香干，后是一人一小片鱿鱼，再后是一人一只小鸡爪。他们的小嘴巴辣得呵呵地响，但每张小脸都露出了灿烂的笑容。给我印象最深的是，他们总是伸出他们的小手，那黑乎乎脏兮兮的连指甲都看不见的小手，向我伸过来，伸过来。

记得我当时还做了一个小小的类似于恶作剧的试验，我说我还有更好吃的东西，但是在家里，谁跟我去拿？没料到当即就有两个小孩答应跟我回家。美食的诱惑显然冲淡了他们对自身安全的警惕。

我之所以回忆起几年前的这个经历，是因为最近在看英国小说家麦克尤恩的《时间中的孩子》。丈夫斯蒂芬带着三岁的女儿凯特去超市购物，没想到竟在收银台旁将女儿丢了，从此凯特下落不明。妻子朱莉承受不了打击，离开丈夫去乡间小屋独居，希望以此来医治内心的创伤。斯蒂芬曾去看望过她，但他们无法共同面对失去爱女的悲惨现实，斯蒂芬只好无言离去。不久朱莉又怀孕了。起初她很苦恼，她恨斯蒂芬也恨自己，觉得这会伤害他们苦苦思念的女儿凯特，甚至还考虑过打胎。但随着时光的流逝，在孕育着新生命的同时，也孕育着新的希望和新的爱，于是朱莉召回斯蒂芬，让他参与婴儿的出生，从中体验生命诞生的神奇与伟大。

麦克尤恩用这个故事告诉我们，孩子的成长是时间的核心，有了孩子，时间才有意义，因为他们是生命的呈现与延续。

秋，在初恋小镇徜徉

在喧嚣的都市待久了，整颗心便像铜墙铁壁般坚硬，且密不透风，已然感受不到任何美的灵犀与光照。台湾诗人商禽曾在他的名篇《长颈鹿》中写道，"囚犯们每次体格检查时身长的逐月增加都是在脖子之后"，因为他们要"瞻望岁月"，而我所能做的，只能是往自己的心壁上凿一个小小的美的"透气孔"，或者说得更准确一点，就是短暂地出逃。

往往是三五好友，经过一番斟酌，选定一个可以作为"透气孔"的地方：一个无名的宁静的小镇，两条河流的交汇处，一泊水库，一座山寨，一间庙宇……来表达内心中对美的敬意、感恩和永无止境的渴望。

数天前，几个朋友在微信中商量下一个美的"透气孔"，一个说甲地好，并贴上两张风景优美的照片。一个说乙地妙，附上一段相关的传说。就在大家犹豫再三，不能定论之时，一个多日不见的朋友冷不丁地冒了出来：我知道有一个叫初恋小镇的地方。

初恋小镇？

当时我心头一软，那千年不化的胸中块垒，仿佛骤然间裂开一条缝隙，有一股咖啡色的岩浆波浪般无声地翻涌。对，没有喷溅，也不作呼啸。留在感觉中的，是麻，是酥，是痒，是微风般的痛，是那积淀深厚，且久违了的情感——温馨忧伤，但又复杂难言。所有的人屏住呼吸，停止争论，相信大家的感觉都和我一样。

于是，在一个阳光明媚的秋天，几位好友一同驱车前往。

初恋是人类爱情萌发的最初部分，是第一次尝到情的滋味，而不一定是真正的爱情，比如一个人喜欢上另一个人，他不一定要爱她，但是他对她的喜欢是独一无二的，不会被别人轻易替代。这样的解释未免有些简单、机械，甚至武断，但是，谁又能用三言两语来界定它呢？

在拥挤的车流中缓行，焦虑也好，烦躁也罢，这都是一个城市人每天必修的功课。当我们驱车向北，离开喧嚣的都市，不知不觉间穿行在乡间公路——两边树木成荫，远处山色如黛，鸟鸣清幽，空气像牛初乳般纯净。在到达那个初恋小镇之前，几个人破天荒地谈起了各自的初恋。在特定的环境和主题下讲述自己的故事，就像十九世纪那些外国大作家作品中常见的开头那样。

尽管每一个人都有自己的初恋，但我不敢说，每一个人的初恋都令人难忘。有很多人对自己的初恋刻骨铭心，当然，也有不少人的初恋如狂风吹散的尘埃。刻骨铭心也好，如风吹散也罢，在我们的一生中，那初恋的感觉都会像悬垂在遥远天际的月亮，在黑暗中闪光。

有的浓墨重彩，有的轻描淡写，有的一脸神往，有的淡然处之。有关初恋的故事还没讲完，车子就戛然停下，原来是初恋小镇到了。

这是一个宁静的城郊田园小镇。当然并不冷清，也不荒凉。和中国那些大多数发展中的小镇一样，是在一条百年乃至千年的老街基础上发展和演变而来的。虽说是城乡一体化建设，而运行的机制并不是铁板一块，有现代化的楼宇、广场、铺面、大道，但不是整齐划一，缺乏个性。——悠久的历史不会彻底地退出舞台：台痕上阶绿，古老的麻石小路传来岁月深处的跫音；草色映帘青，原始的环境和生态并没有被刀砍斧削所戕残。我们在小镇上自由地徜徉。晒着太阳的年轻母亲与婴儿。花树下打太极拳的老人。两只争啄着一条蚯蚓的碎花小鸡。树上清脆的鸟鸣，以及随处可见的殷情的问候与搭讪。在这样的环境之下，你永远不会感到自己是一个过客。

美是需要追寻和发现的，有时擦肩而过，有时突如其来，同缘分一样，不是吗？缘分也是一种美的表现形式。就像多年之后，你在突然面对那段消失已久的初恋之时，那种朦胧与未知之美，在你的记忆之中变得清晰。这种偶然的邂逅，总是让你猝不及防，怦然心动。

缓缓地穿过一条街道，我们来到了小湖边。与其说是一个小湖，还不如说是一个池塘。在一排排碧树的守护下，几只小鸟在低飞，水草在秋风中微漾，云水一色。周边环绕着一幢幢低矮的欧式风格建筑，竟然还有个洋名，叫斯特洛小镇。在小镇上坐车北上，公路两边是收割后的水稻田，远处是低缓的黛绿群山，不一会儿就到了飘峰水库，沿着水库往上，一座古塔隐约在山林中，据说这座古塔已有千年历史。沿着一条山径往上爬，来到一座古寺，一个僧人盘坐在藤椅上打盹，我们没有惊扰他，烧了一炷香之后悄悄离开。翻过一个山头之后，我们经过一片茶园和一溜露营基地的小木屋，来到了一个叫慧润的乡村会所，热情好客的女主人给我们送来了自制的绿茶，自产的花生、瓜子，还有自酿的葡萄美酒，供我们坐在室外的木椅上静静享用。

最后，我们才去看了那个绿树掩映下的故居，这就是著名的板仓杨家，它之所以有名，是因为一个叫杨昌济的老先生和一个叫杨开慧的小女儿。这个小名叫霞的小女儿死时只有二十八岁。她的手稿尘封五十三年后，终于在故居的砖缝中找到。这个命运多舛的女人写道："爱的权柄，是操在自然的手里。"这也许是八十年后，人们将这个叫板仓的地方取名为初恋小镇的原因吧。

冬，聆听岁月的风声

今天早晨，比以往都要醒得早，时间刚好六点，卧室里一片漆黑，不见一丝一缕光亮。我不是一个习惯早起的人，要在平时，我绝对会再补一个回笼觉。我喜欢回笼觉，就像喜欢香烟、美酒和美女。即使是睡意全无，我也喜欢赖在床上，直到天亮，哪怕是胡思乱想，或者大脑里一片空白。

毕竟是冬天，尽管卧室里门窗紧闭，窗帘低垂，当我侧身时，被子里就会灌进一丝冷风，我赶紧蜷缩身子，拽紧被角。要不是寒冬，谁会在意一床棉被的重要性？就像站在江堤之上的孔子，要不是人到中年，他怎么会感受到时间的紧迫，从而发出"逝者如斯夫，不舍昼夜"的慨叹？想到过几天就是元旦，新的一年马上就要过去了，电脑、手机、电视屏上所显示的时间又将开始一个新的轮回。旧年要翻新篇，一种紧迫之感顿时涌上心头，回笼觉是无论如何也睡不成了，就干脆从床上爬起，去坦然接受新的一天莅临。

已故的英国大诗人菲利普·拉金曾这样精确地描述过人类与时间的关系："日子有什么用？日子是我们活着的地方。它们到来，把我们唤醒，一遍一遍又一遍，要我们乐在其中。"菲利普·拉金确实是一个描摹庸常生活的大师。是的，不管是什么人，哪怕再伟大，除了在日子里，试问，我们还能活在哪里？当然，对日子的感受因人而异，有人感觉到快，有人感觉到慢，有人感觉到沉重，有人感觉到轻松，但是日子的质地和结构，永远不会改变。既然不能改变，那我们为什么不去聆听日子对我们的召唤，用全身心去拥抱和适应它的到来呢？

起床后，尽管屋内仍然被黑暗所笼罩，但我没有开灯，脑子里回放着拉金的诗句，内心充满了宁静。随后，我来到了阳台上，这是三十二楼的阳台，这样的高度相当于站在故乡小山的山顶上，虽说不能放眼全球，却足以让人远眺。在寒冷的风中，我眺望天边，黑暗的天宇中现出一片鱼肚白，一团暗红的光亮像花朵一样绽放。

天地间一片寂寥，只身站在阳台上的我，虽然感觉到寒冷，但内心却无比清晰、坚定。往事在脑海里风起云涌，却有序，而且无声。在内心中检视过往的一年，有喜、有悲，有喧嚣，也有宁静。这都是再自然不过的事情。就像我的朋友，湖北诗人张执浩在他的《岁末诗章》中所表述的那样，"我想抒情，但生活强迫我叙事"，大多数人的生活都是平常的，在密不透风的生活细节和碎片中，被习惯与重复所左右的人，大有人在，而永无休止地沉溺在生活的长流之中，在迷惘与顿悟、悲伤与喜悦之中沉浮时，充分地把握自己的内心变得尤为重要。于是，我们开始放弃抒情，推拒那种种不着边际的幻想与浪漫，在认真聆听别人故事的同时，也一并努力讲好自己的故事。

讲好自己的故事，在某种意义上说，其实也是内心生活的一种表现形式。因为一个没有坚强内心的人，是没有能力讲好自己的故事的。还记得一位老诗人在一首诗中这样讲述他的经历：当他年轻的时候，他在生活的海洋中，遥望未来的岁月，就像遥望一个远在异国的港口，但当他经历了生活的狂风暴雨和惊涛骇浪之后，而今他到达了，而当他回头遥望年轻的时候，就像遥望迷失在烟雾中的故乡。是的，无论是异国的港口，还是烟雾中的故乡，其实都是他内心生活中最本质的部分。

无独有偶，诗人北岛也曾讲述他所经历过的岁月，他在一首题为《岁末》的短诗中写道："从一年的开始到终结，我走了多年，让岁月弯成了弓……这是并不重要的一年……而我……向以后的日子借光。"我不知道他在那一年具体发生过什么，也许很平常、很平淡，也许很艰难、很沉重，但他还是聆听着日子那一遍又一遍的召唤，即使岁月弯成了弓，他还是走了过来。其实，我们都和他一样，平常平淡也好，艰难沉重也罢，但肯定会有收获，会有启迪和愉悦。

此刻，站在阳台上的我，就像站在以往岁月弯成的弓上眺望，让未来日子的光亮将全身照耀。

生病札记

一

我的书房案头常年摆放着一件拳头大小的玉器，虽远非名贵玉种，但看上去也光耀圆润、晶莹剔透。自从我在云南的某个小镇廉价将它买回来之后，就一直陪伴着我。

常言道，玉不琢不成器。严格地说这还不能说是一件玉器，而只能算是一个半成品。因为它只雕刻了一半，从雕刻的这一半来看，雕刻师技艺娴熟，而且野心勃勃，他那挥洒自如的雕刀下所呈现出来的线条，是那样细腻饱满、自由灵动，且飞扬不羁。就像帕慕克在他的著名小说《我的名字叫红》中所说的那样：只有当一个人脱离了时空的牢笼，他才会明白生命是一件束衣。我敢肯定，当时的雕刻师是完全处于一种忘我的癫狂状态下进行创作的。

但我不明白雕刻师为什么会半途而废？在我的想象中，这件玉器要是完成的话，堪称一件伟大的作品！到底是他功力才情不够，是灵感突然枯竭，还是别的什么原因？我曾经颇费猜测。而在一次把玩时，我终于明白了原因：是玉石的材质出了问题。我发现，在玉石未被雕刻的一面，颜色有些暗淡，不仅颗粒粗糙，遍布着一些深浅不一的暗纹，甚至中间还有一条明显的裂缝。就是说远没有被雕刻的那面光洁、圆润、完美。很显然，这就是雕刻师有始无终的原因。

当我明白了其中的道理，就将它置身在案头的一个死角上，几年来对它不理不睬。在我的书房里，它就是一件再普通不过的摆设，地位远不如一本我年轻时看过，且永远不会再看的十九世纪外国小说。譬如狄更斯的《雾都孤儿》，萨克雷的《潘登尼斯》，奥斯丁的《傲慢与偏见》，艾米丽的《呼啸山庄》，等等等等。在书柜的最上一层，它们相互拥挤着，蒙着尘埃，仿佛已经与我这个读书人没有了任何关系。这些曾经吸引过我的所谓名著，不仅不再输给我营养，相反，我还在内心极为排斥，就像剔除毒素一样，用锋利的刀刃一点一点地剔除着它们曾经给我造成的影响。

在很长的一段时间里，我把那些阻碍我审美向前发展的陈腐知识和经验视为病毒，并一一将其扼杀，斩草除根。

不过后来发现，我所做的一切都是徒劳。任何进入骨子和血液里的东西，哪怕轻如波光云影，哪怕渺如羽印蚁痕，却依然存在，只是难于觉察。当你想忘记，想远离，甚至想抛弃它们的时候，它们却没有任何征兆地，突如其来地将你造访。譬如有一次，我在我的一篇小说中借一个人物之口说出：任何犹豫都是卑劣的。要知道，我平素可不是一个果决之人，也没觉得犹豫有什么不好，但我偏偏就冒出了这样的话。当我追本溯源，才隐隐记起，这是我二十多年前在一部小说中看到的。它一直躲藏在我从未在意的地方，就像体内的一串细胞。但有一天，它突袭了我，并从笔下找到出口，令我惊诧不已。我在书架的最上层找出了萨克雷的《潘登尼斯》，很快就在前面几页中找到了这句话，是十八岁的潘登尼斯写给他叔父的求援信。照悲痛欲绝的潘登尼斯母亲的说法，儿子爱上了一位大他十二岁的卖艺的女戏子。潘登尼斯在信中说，拖延就意味着犹豫，而任何犹豫都是卑劣的。潘登尼斯之所以这样说，是想立马与那位女戏子结婚。

生病，就类似这种记忆——譬如你体内的一些细胞，因为缺乏营养，或者别的什么原因，突然从看不见的地方跳将出来，对浑然不觉的你实施行刺。

二

那是一个初夏，漫长的午后时光。我正在书房里重读普鲁斯特《追忆似水年华》的第六卷《女逃亡者》，腹部突然隐隐作痛，那种疼痛一阵一阵的，就像湖水在船底下的暗涌，虽然并不激烈，也不算重，但它永无休止的劲头，让我焦躁不安。

众所周知，普鲁斯特是一个著名的病人，他生病时必须紧关门窗，且卧床不起，而这一切在本雅明看来，普鲁斯特的病让大夫们束手无策，但他自己却能够运用自如。是的，他就像一名出色的导演，将在外人眼中折磨他的疾病演绎合成为一部好莱坞大片，让全世界的观众争相追捧。

我不停地将手掌压向腹部，但仍然无济于事，除了疼痛之外，让我感觉到最难受的是，腹部像一个不断吹大的气球，那种鼓胀感比疼痛更加让人难以忍受。常识告诉我，也许碰巧吃了什么不卫生的东西，或者是受了寒凉，这种症状还不至于要去求医问药。我放下书本，从电脑桌前站了起来。我想出去散散步，呼吸一下外面的新鲜空气，以此来缓解胀痛，但就在这时，原本明亮的窗口突然像蒙上了一块黑布，天忽地暗了下来，一会儿就电闪雷鸣，狂风鼓荡，我连忙关上玻璃窗。窗外咚咚咚、唰唰唰地下起了大雨。我只得重新坐了下来，而腹部隐隐的胀痛并没有因此而休止，我愈加烦躁不安起来。

虽说关了门窗，但这只对普鲁斯特的哮喘起作用，而且，我也不能像他那样导演自己的疾病，把它当作一门艺术享受。作为一个不是天才的凡人，有病看病，没病防病，才是常情。——所以，我得想办法治愈我的腹痛。早就听说过玉石有润心肺，养五脏，疏血脉，安魂魄的疗效，于是我小心翼翼地捧起案头那多年弃之不顾的玉器，轻轻地抚摩着，让自己的肌肤经络和与玉石的纹理纤维来一个亲密接触。神奇的是，没过多久，我渐渐地感到不再气闷，不再烦躁，那隐隐的胀痛感也仿佛在转瞬间烟消云散。我当然知道这主要是心理作用，但仍然感谢这块玉石，并对它刮目相看。我仔细打量，从那光洁圆润的一面，看到那暗淡粗糙的一面，仿佛是两个不同的王国，彼此依存，缺一不可。光洁圆润的那一面固然让人赏心悦目，但暗淡粗糙的一面也自有天生异象，似乎更让人流连忘返，心生敬畏。

这玉器的两面，不由得让我想到人的一生。桑塔格曾在她的专著中说过，每个降临世间的人都拥有双重的公民身份，一个属于健康王国，一个属于疾病王国。尽管我们都只乐于使用健康王国的护照，但或迟或早，至少会有那么一段时间，我们每个人都不得不承认，我们也是疾病王国的公民。

三

在我的记忆中，能够呈现清晰画面与真实感觉的第一次生病，是在我八岁的时候。我母亲曾经告诉过我，在我四岁的时候，也曾生过一场大病，至于是什么病她也记不得了，只记得把我送到乡卫生院打点滴。我特别不配合，死命挣扎，直到把手腕上的输液管扯掉。大夫没有办法，只好把点滴打在脚背上，结果又被我拼命挣脱。一般的小孩都对打针有恐惧感，也会大哭大闹，但闹过之后，也就在大人的威逼利诱下驯服了，而我是一个例外。我至今想不清是因为恐惧太深，还是因为天性中那种不妥协的犟劲？在平常，我可是一个沉默寡言，逆来顺受的小孩，不知是认知误区还是个性使然，竟然让我如此不明事理黑白不分？四岁生病时的情景，我已经没有任何记忆，但八岁那年，我开始对疾病有了一些朦朦胧胧的认识，——不再是深深的恐惧，更不是一味的抵抗。

那是一个气候异常闷热、潮湿，蚊虫滋长的季节。在一个个春夏之交的下午，我们一群小学生，肩背手工缝制的粗布书包，沿着一条蜿蜒的乡间小道回家。两旁树木蓊郁，强烈的阳光透过茂密的枝叶照射下来时，在我们淌汗的小脸蛋上变成无数耀眼的光斑。

"你出了吗？"

一个小孩带着炫耀的神情问身边的另一个小孩。

如果将这句问话改一个字，变成"你吃了吗"，就不费解了，这是在乡下最常见、最亲热的问询，无须任何解释。但如果我告诉你，这"出了吗"是指出麻疹时，你会有怎样的感想？

二十世纪七十年代的农村，物质极度贫乏，吃喝穿戴都成问题。家里的小孩又特别多，所受的待遇甚至比不上一头猪、一只鸡。六畜是家里的重点保护对象，因为一年的指望都在它们身上，如果没有鸡生蛋，没有一头肥猪出栏，那你家里就会穷得像水洗一样，一清二白。所以，小孩只有在生病的时候才能成为家里的主角。而且还有至关重要的一点，麻疹尽管也是不可小视的病，严重时所带来的并发症甚至可以危及生命，但不需要打针吃药，还可以一两个星期不上学，不参加任何劳动。所以，尽管我们知道生病并不是一件什么好事，却仍然希望得一场麻疹。

至今我还清楚地记得，那是一个相当闷热的早晨，起床后的我所做的第一件事，就是庄严地向大人宣布：我要出麻疹了。母亲把一双湿漉漉的手在粗布围裙上擦干，摸了摸我的脸颊，点了点头，证明我没有撒谎。我发烧了。当我在母亲的安排下再一次躺在床上时，我的脸上开始出现了小红痘痘，一点、两点、三点，就像门口枯枝上突然绽放出的梅花，一朵、两朵、三朵。没过多久，母亲从厨房里端来满满一碗放了白糖的生鸭蛋花，至少有三枚鸭蛋，这可是从未有过的待遇——要在平时，这些鸭蛋是要在货郎担上换日常生活用品的。在我喝鸭蛋花的时候，我偷偷地照了一下镜子，这时，小红痘痘已经遍布了我的脸颊，密密麻麻就像夜晚满天的星斗。我开始理直气壮地喝起了鸭蛋花，全然不顾门缝里小弟那垂涎欲滴的眼神。——我终于生病了。

在出麻疹的那十多天，我几乎天天躺在床上，就像一个小皇帝那样受到特殊待遇。值得一提的是，母亲还在我的床底下放了一只筛子，据说这样能够让麻疹出得更快，出得干净。我至今不知道这种迷信的风俗源自何处，只有一种最直观的想法，就是筛子上有那么多密密麻麻的小眼，是可以将那些密密麻麻的小红痘痘给筛掉的吧。

很多看起来无比神秘复杂的迷信风俗，或许真就是来源于劳动人民最直接、最简单的感知，之所以后来变得神秘复杂，只是因为时间的推移将其仪式化。

当然现在的孩子都有疫苗了，所以他们都没有这么一个出麻疹的经历和风俗了。

四

很多作家的写作都得益于水。譬如沈从文，他曾在一篇文章中写道："从汤汤流水上，我明白了多少人事，学会了多少知识，见过了多少世界！我的想象是在这条河水上扩大的。"出生在洞庭湖边的我，对于水的喜爱，比沈先生有过之而无不及。从四五岁的时候起，就偷偷地和小伙伴们一起去河港湖汊玩水，长大后更是中流击水，乘风破浪。年轻时还曾写过一首长诗《大淡水湖》，以此来抒发自己对洞庭湖由衷的赞美。但是生在湖边的人都有一种隐隐的恐惧，那种恐惧来自于一种叫血吸虫的病。一个叫毛泽东的人曾经都将它称为瘟神，可见它的威力之大。

水中有无限生命，一般分为两种，一种是肉眼看得见的，一种是肉眼看不见的。和世界上的很多道理一样，肉眼所看不见的，往往比看得见的更可怕。譬如毛蚴。它是血吸虫的前身。却说毛蚴从虫卵孵出后，就像一个得到号令的勇士，沿着些许光亮，径直向前面的堡垒冲去。它要在最短的时间内攻破这个堡垒。这个堡垒就是一只钉螺。进入钉螺体内后，它将钢针一样的尖嘴刺入螺软组织，不断地紧缩身躯，攻入组织内部，在钉螺温暖的大床上无性繁殖，生产出数以千万计的尾蚴，在成长壮大之后，一批批尾蚴精兵朝外面的世界挺进，披荆斩棘，攻城略地。

这时，如果有人在水中活动，就成了它们的攻击目标。这些勇猛的将士，头顶一个强力吸盘，将整个身体吸附在猎物上，并忍痛甩掉辎重的尾部，仅仅在几分钟的时间内，便将大半个身子钻入人体，沿着小末梢血管或淋巴管翻山越岭，奋勇前进，一路畅通无阻。在迅速找到温暖的驻地之后，交配、产卵，发育成虫，再一次凤凰涅槃，浴火重生，一举成为桃花源的子民，在人体内安居乐业。

血吸虫的平均寿命有四五年，最长可活四十年。它们大口地吞噬着人体内的红细胞。让患者咳嗽、胸痛、发热，并堵塞血管，破坏血管结构，导致组织纤维化，最后让人消瘦，出现腹水、巨脾、腹壁静脉怒张等晚期严重症状，最后危及人的生命。

我的祖父易玉秋在四十五岁时死于血吸虫病，听父亲讲，祖父临死前腹部如一个大鼓，因为疼痛难忍，他不停地用拳头敲击鼓胀的腹部，竟然发出嘭嘭的声音，犹如奏乐。我没有见过祖父，但血吸虫所带给我的恐惧，通过父亲的描述而根深蒂固。

我在十二岁的时候，曾被告之得了血吸虫病，这场血吸虫病对我来说是一个谜团，我至今都不敢确定是否真的得过这个病。

相比出麻疹，血吸虫病显然要厉害得多。很小的时候，我们就对这个病讳莫如深。而且，在我们的眼中，这是一种丑陋无比的病，因为会长一个很大的肚子，就像孕妇一样，所以在我们那里，血吸虫病又叫大肚子病，是极度不雅观，和羞于启齿的病。而出麻疹则好得多，脸上长满了小红痘痘，就像一树梅花，或者满天星星。如果说出麻疹是革命浪漫主义的话，那血吸虫病就是丑陋的现实主义。

诊断血吸虫病的过程也相当令人尴尬和难堪。开始是预检，学校要求我们每一个学生提供自己的大便，于是在上学的路上，每个学生都用一绺稻草提着用旧报纸包裹好的大便，那种狼狈的样子可以想见。十多天之后，我突然被老师通知得了血吸虫病，去大队部治疗一个月。得事先说明的是，我并没有任何症状，不咳嗽，不胸痛，也不发热，肚子当然更没有任何异样。但父亲还是说服我去了治疗所。一间大房子的地板上睡了七八十条汉子，都是村里的血吸虫病患者。地上铺着厚厚的稻草，人们就睡在稻草上。我只睡了一个晚上，就被熏天的臭气和如雷的鼾声折磨得要死不活，第二天就跑回了家，打死也不去了。父亲没有办法，和治疗所的医生商量，结果是我不住院了，只是在每天上学之前去喝一碗汤药。开始我还坚持了几天，嫌那种汤药不好喝，就没有再去了。后来医生和父母都没有过问。在当时我就认为，我的血吸虫病根本就是误诊。

疾病被常常用作隐喻，被用来表达对社会秩序的焦虑，或者反抗。劳伦斯曾把自渎称作"我们文明中隐藏得最深、也最危险的癌瘤"。在美国发动越南战争时，桑塔格最感绝望的时候，也曾写下这样的句子："白种人是人类历史的癌瘤。"从小我就被告之，血吸虫病是由于血吸虫寄生于人体引起的一种寄生虫病。在社会学领域中，寄生虫还泛指那些依靠别人，自己不肯努力的人。记得在"文革"时期曾经有这样的一句话："全靠我们自己，一切归劳动者所有，要消灭一切寄生虫。"所以我很小就在作文中写道，要发愤图强，绝不当社会的寄生虫。

或许正是血吸虫病的这种隐喻，让我在潜意识中总是不承认曾经得过这种病。可以这么说，使我感到讨厌和恐惧的并不是血吸虫这种病，而是血吸虫代表了一种不光彩的角色。

五

那是一条淡紫色的手术疤痕，约六厘米长，有头有尾，有身段，像极了一条蜈蚣。它位于我的右下腹。是我二十四岁时命运赐给我的本命年礼物。

记得那年刚刚入秋，长沙的天空气佳景清，还没有阴霾之说。经过两三天的隐隐腹痛后，腹痛突然加剧，如排山倒海、地覆天翻。姐姐陪我辗转几家医院，照片、验血等常规检查，做了一次又一次，都得不到确诊。止痛药、消炎针，治标不治本。每每稍有缓解，剧痛又卷土重来。几天下来，人已是筋疲力尽，形容若鬼。

一天下午，实在是痛得没有办法，复又来到上次检查过的医院，熟悉的医生看到我就愁眉不展。刚好来了一个新的见习医生。见习医生长着一双弹钢琴的手，十指白皙修长。在检查我腹部时，他那修长灵动的手指如拨动琴弦。哆来咪发，唆啦西哆，我分明感觉到了音乐的律动。突然医生的中指紧紧地按住了我疼痛的发源地。

"是这个点痛吗?"

"是，我能确定。"

就是这个面带稚气的见习医生查出了我的病症：阑尾炎。原来，我的阑尾的位置与一般人的不同，尽管也有医生怀疑是阑尾炎，但多次检查都不能确定病症。见习医生一锤定音。当即住院做了手术。做完手术，主治医生说了一句话，如果再拖一个小时，就会引发阑尾穿孔、化脓，引起弥漫性腹膜炎等严重合并症，后果将不堪设想。

医生的这句话让我有一种死里逃生的感觉。

从手术室出来后，到了病房。躺在病床上打着点滴，我的情绪彻底放松了。阑尾是人类进化不完整的标志，是人身上唯一没有任何用处的东西，只是用来发炎的。这下好了，割掉它就万事大吉。但没过五分钟，我突然感觉到呼吸急骤起来。当我拼命地张大嘴呼吸时，我发现我的嘴巴都张不开了，只能像一条死鱼的腮帮一样翕动。我想求救，但发不出任何声音。既然发不出声音，我就想用动作，但我的手脚根本都动弹不得，我浑身一点儿力气都没有了，仿佛所有的力气就在一瞬间被连根拔去。

我的眼前开始出现幻影。现在想来，我的瞳孔肯定也在一点一点地放大。总之，死神在我的眼皮上跳着舞蹈，我想我要死了。万万没有想到的是，割掉一个没用的阑尾，连命都要搭上。幸亏这时姐姐赶了过来，发现异样，连忙叫来医生。医生慌忙抽掉我的输液针，给我急救。一会儿我就被抢救了过来，并被免费送进了重症监护室。原来，是输液出了问题。我至今都没弄清楚，到底是药水的质量出了问题，还是本身就用错了药。

尽管事后我们并没有要求医院赔偿，也没有要求院方向我赔礼道歉，这明显是一起医疗事故，但院方似乎并不想给我一个合理的解释。因为这起事故并没有造成什么后果，后来也就不了了之。其实，作为一名普通的病人来说，是有权了解真相的，而这给医生们造成了强大的心理压力。我听一个当医生的朋友说过，即使是非常杰出的医生，也很难对疾病做出确切的诊断，总会有出错的时候，于是就导致了医生对责任的回避，来避免医患维权方面的官司。譬如，在给患者动手术时必须要家属签字，以规避风险。譬如，医生对病人开具一些于身体无害，却也可能于该疾病无益的药物，因为真正的治疗总是要冒风险的。医学本来是一门带有风险的探索性科学，其目的就是救死扶伤，尽管要冒风险，但现在的医院却越来越企业化，完全依赖合同法规，当初医生和患者的互信关系，现在却变成了签约的甲方和乙方。这样一来，弱势的一方往往就处于被动。2013 年 10 月 25 日，温岭市发生了一起患者杀死医生的案件，而类似的案件在新闻里并不少见。日趋紧张的医患关系不仅正在严重冲击着医疗服务市场，而且已成为社会不和谐的因素。看来，如何回到医生和患者当初的互信关系，已是我们不得不面对的一个社会课题。

六

我敢说，没有一个人没有生过病。从小到大，我记得我得过无数次感冒，还得过哮喘、腹痛、肺炎、胃肠炎、阑尾炎、眩晕症、尿道结石等。虽然是得过这么多的病，但迄今为止，我仍然还算是一个健康的人。看来，做一个像普鲁斯特那样的著名病人是需要资格的。德国浪漫主义诗人诺瓦斯利曾经在日记中写道，健康的理想，只是在科学上才令人感兴趣而已，真正有趣的是疾病，它是个性化的一方面。在常人眼中，诗人的言行往往不可理喻，但就是在这种不可理喻中，常常隐藏着不为人知的真理。

记得小时出麻疹时不能外出，百无聊赖的我便呆呆地望着家里的土墙。这所房子是我祖父手上建的，墙体斑驳，到处透着裂缝，长的线条、短的线条，弧线和圆圈相互交错，像蜘蛛网一样密集。我先是看到了一个老人的图像，满脸慈祥，下巴上长着像玉米缨子一样的胡须，我认定那是我的爷爷，一个我从来没有见过的亲人。之后，我看到了一条狗，一棵大树。几位美丽的少女。一条巨蟒。一朵乌云。一座岌岌可危的王宫。一个手执大刀的将军。几名匍匐前行的士兵。我还看到了一个在河边浣洗衣裳的妇女，那是我妈，一个仰望天空的小男孩，就是我。我一边看着墙上的图案，一边开始编造我的第一个故事。关键的是，在我编造这个故事时，我感到了快乐和有趣。有时我想，如果不是那场麻疹，我或许不会走上写作之路。即使是走上了写作之路，我也不一定会觉得写作是一件快乐和有趣的事。因为我知道有很多同行者，他们都把写作当成了一种不得已而为之的苦役。

托马斯·曼曾经在《魔山》中借病人之口说过这样的话，疾病的症状不是别的，而是爱的力量的变相表现，所有的疾病都不过是变相的爱。这使我想起小时候得过的一场大病。我已经记不起是急性肺炎，还是别的什么病，那场病所带给我的痛苦早已烟消云散，没有任何痕迹。只记得大病初愈后，为了帮我进一步康复，父亲总是背着我到野外散步，呼吸清新空气。特别是有一天下午，他背着我在屋后的河边散步，我突然感觉到无比烦躁，不停地催促父亲回家。严肃的父亲没有像平时那样坚持原则，说一不二，他王顾左右而言他，仿佛在寻找某种借口。突然，他指着河面大声地对我说，你看，鸟，好多鸟！我朝着河面望去，果然看到了很多白色的鸟，它们在展翅飞翔的时候，把整个河面都要给遮住了。那些翅膀，有时紧贴水面，有时又仿佛要直冲云霄。以前很少在这条河里看到鸟，即使有，也就两三只。我突然来了兴趣，这样的一群鸟，它们从何而来，又要到哪里去？

父亲显然回答不了我的问题，但他告诉我，跟着它们就会知道。于是父亲背着我走了很远很远，直到最后，我们也没有找到答案，但多年以后，我突然明白，爱就是唯一的答案。

再也不可能了

再也不可能了，不可能像二十多年前那样，花两元三毛五分在一个小镇上买到一本厚厚的全国短诗选，而没有路费回家，这个瘦骨伶仃的乡村少年从华容四中所在的注滋口小镇出发，一个人孤独地穿过藕池河、注北、插旗、北湖、层山、农场九分队八分队、南提拐、两门闸，走了四十多华里，一步一步地踩着黄昏的最后一道光线才回到他贫寒的家了。

再也不可能了，不可能把诗刊放在教科书的下面，无视黑板上班主任刘武雄老师的数学公式，无闻美女英语教师吴润芝嘴里悦耳的英语单词。再也不可能了，不可能冒着巨大的风险，把看过的一行诗小心翼翼地用课本盖住，再神出鬼没地露出下一行了。

再也不可能了，不可能冲出父母的围追堵截，将一本诗集藏在老屋破墙的夹缝里，使它免于一焚。再也不可能像样板戏中的老百姓用生命去营救受伤的共产党员那样去营救一本诗集了。

再也不可能了，不可能把一本短诗选中的三百八十六名诗人的名字和简历全部记住，甚至把每一首短诗都背了下来，不管是好诗坏诗，是政治抒情还是朦胧情怀。再也不可能像那个饥肠辘辘的乡村少年那样，有一个可以消化钢铁、稻草、黄金、砂石、花朵乃至粪便的无坚不摧的胃了。

再也不可能了，不可能像样板戏中的共产党员那样面对敌人的屠刀，大义凛然无所畏惧地面对为自己的前途而忧心忡忡甚至恼羞成怒的父母了。他们说，儿，你只有考上大学，吃上国家粮，才是唯一的出路，才能光宗耀祖！

再也不可能在父母面前信誓旦旦：只要发表了诗歌，当了诗人，不需要种田干苦力，就会有饭吃有衣穿，就能轻轻松松地吃上国家粮，就能光宗耀祖了。是的，再也不可能了。

再也不可能在高中那个三十二个人住的大寝室里，在两人合睡的上铺，偷偷地点着蜡烛在被窝里读诗了。

再也不可能在每一个晚上，用空的农药瓶点着柴油在漆黑的夜里去读诗写诗了。

再也不可能在夏天的晚上，为了防备蚊子叮咬，而把双脚泡在水桶中去读诗写诗了。

再也不可能骑着单车到二十多里外的县城邮局买各种诗歌刊物，一边想诗一边骑车，而一头撞在公路边的树上，晕眩过去一刻钟才醒来了。

再也不可能因为家境贫寒父母不肯给买书的钱，而绝食三餐了。

再也不可能在漏风土屋的旧门板上放书，而睡在诗里了。

再也不可能用信封贴着邮票到处拼命投寄手写诗稿，在大半年过去后却收不到一封退稿信的情况下，仍然不屈不挠了。

再也不可能去县图书馆把借阅的《作家》杂志上的诗歌栏目的十多页偷偷地撕下来，而为之寝食不安了。

再也不可能通过各种卑鄙手段，乃至威逼利诱，去索取家中最大的一笔开支，报名参加各种诗刊和文学刊物的函授学习了。再也不可能把那些指定的诗歌老师当作圣人那样来崇拜了。

再也不可能因为诗歌老师在指导信中说看不懂你的诗歌而诚

惶诚恐了。再也不可能被不识字的母亲多次怀疑：儿啊，你写的诗老师都看不懂，是不是把脑子给写坏了。

再也不可能因为想写出所谓月亮的背面以及树枝在黑暗中的呼吸，而在广袤的乡村像幽灵一样夜巡，几次被父母打着手电找回，而用麻绳捆在床弯上强制睡觉了。

再也不可能给全国各地的诗歌笔友乐此不疲地写信回信了。

再也不可能为了入选一个叫王向明的人决定编选的《岳阳市青年诗选》，而偷父亲的三十元钱汇过去，结果望眼欲穿石沉大海而活生生被骗了。再也不可能寄钱去参加各种这样那样的诗歌大赛了。再也不可能了。

再也不可能退而求其次，因为诗作上不了诗刊，就往全国各地大大小小的报纸副刊甚至是广播电台乱投诗稿了。

再也不可能因为想在诗刊上发表诗作而尽力去迎合"贵刊风格"了。

再也不可能因为同时在三个诗歌刊物上发表了处女作而欣喜若狂，范进中举似的差点疯了。

附处女作三首：

给爷爷的一粒糖

递给您一粒小小和糖果
您的眼睛眯缝成一条线
一滴泪拦腰卡住了
尴尬，浊浊的

花糖纸在粗糙的手指间
轻盈如蝶
但被您两个指尖挟住了

欲飞，不能

您咀嚼掉了牙齿的味道
再不能咀嚼得更多
糖果在您的嘴里
瞧您整个脸部
如风中抖动一只口袋
如水搅起的一个漩涡

面对一些困难
您满可以不动声色
但一粒糖果却让您
神色澎湃
呵，老人

——原载《诗刊》1988 年 10 月号

看山老人

他把山看成了心中的情人
山看他也依依恋恋
年轻时人们叫他看山佬
看山佬梦似的坐在一朵白云上
和山初恋
年老了人们叫他老看山
老看山听溪水缠绵地叮嘱他
别忘了初相约

还是初恋

还是初恋

看山老人没有第二个情人

——原载《星星》1988 年 10 月号

雨中的紫云英

你在屋檐下抽水烟

檐外有雨。雾在梦游

世界因而不很明亮

唯两亩紫云英闪烁

在你目力不及的地方

在眼睛的至深处

老人，你那两亩紫云英

在你多舛的命运里

一朵紫云

时而隐，时而现

老人，你那两亩紫云英

你从水烟杆上弥漫开

你像一团

浓黑的水烟，聚而后散

此时此地

细雨斜风

——原载《诗歌报》1988 年 10 月号

再也不可能为了写出朦胧诗而天天去背舒婷，特别是北岛和顾城和杨炼了。

　　再也不可能因为购得一册外国现代诗选而如获至宝了。

　　再也不可能去比较三个汉译版本，通过综合、权衡，加上自己的再创作去意译美国自白派女诗人西尔维娅的《晨歌》了。再也不可能为"爱情眼里，你长短腿不协调地蹒跚/一块迟钝的金表内/助产士的眼里，一个孩子"那样的诗句而云里雾里辗转反侧了。

　　再也不可能为了迎合当时的全国流派诗歌大展而一个人揭竿成立一个叫"母狗诗人"的流派了。再也不可能去写那首长达四十一行的《六个公狗和一个母狗》的诗歌了。再也不可能写出那样的句子了：六个公狗肆无忌惮/一个母狗有六倍的激情和六倍的疲惫和/六倍的眼泪。再也不可能在这首诗歌的后面附上一则"一个母狗诗人的宣言或者狂吠"的所谓宣言了。再也不可能在宣言中宣称"诗人至多只是一种母狗，常常在诗中绝望，是母狗豁着牙的样子"了。是的，再也不可能了。

　　再也不可能因为发表了一首诗就感觉自己无往而不胜了。

　　再也不可能因为过了一个星期而没有写一首诗而惶恐不安了。

　　是的，再也不可能了。

第三辑

印象与镜像

认识：从碎片开始，到碎片结束

一

大道废，有仁义；智慧出，有大伪。当道德失范时，一个小说家何为？不知谁能阐述清楚，至少本人没有这个能力。

那年，跃文先生大著《国画》刚出版不久，我当时所在的单位同事人手一本，一个个看得热血沸腾，仿佛中了某种蛊毒，一刻也消停不下来。于是领导命我出面，设宴请来之前我也未曾谋面的先生。当时的先生，照现在的话来说，还有点小鲜肉，正面临小说出版后所带来的一些争议。从先生的文字中领受了他那犀利的文思，入木三分的人性刻画，我原以为会被他吓住，或被奚落——我当时因为失恋，情绪上有些恍惚，时常处于答非所问，迷迷糊糊的状态，但事实上他非常客气，对在场的每一个人都很亲切。十多年过去，当时他说了些什么，是否抽烟，抑或喝了多少酒，都不记得了。

只是还记得那个酒店的名字，叫燕山。后来那个酒店毁于一场大火，死了一些人，在一个寒夜，很多人在微暗的火光与浓烟中，从窗口往下跳，落地无声。这是我亲眼所见，并感受到人类的渺小。在这里，我当然不是想暗示什么，即使蝴蝶效应真的存在，不容我置喙，那场大火也与先生没有任何干系。

昆德拉曾以写过《费尔迪杜凯》的贡布罗维奇为例，说从某种意义上说，一个作家做到极致了，就是一匹害群之马。

在我眼里，先生永远不是那样的作家——尽管才华卓著，尽管像贡布罗维奇一样具有强烈的个性。但他的作品中所传达的，绝对不是"楚人一炬"那样的东西，如果真要与火联系起来，我觉得跃文先生的作品中是可以看到火光的，就像柯罗连科诗文中的火光，给一个远行者以希望。

当然，并不是没有黑暗。

二

时隔不久，一个从日本游学回来的美女，知道我见过先生，巧笑倩兮，美目盼兮，求我代为约见先生一面，加上理由竟还如此充分：伊感觉到小说中有一个人物是写她的。结果，好奇心促使我再次细读《国画》，却没有找到那个与之合拍的人物，或许当时的我还有点愤青心态，觉此女有些不靠谱，便没有成人之美。现在想来，还有愧意，但不知是愧对了先生，还是愧对了那位美女粉丝。

历史上很多小说都有人物原型，甚至包括那些伟大的小说，譬如司汤达的《红与黑》，而作家对笔下人物匠心独运的刻画，也会使我们不曾见过，或本来就不存在的人物栩栩如生，譬如贝克特的《等待戈多》。于是文本之内的人和文本之外的人便有了某种有趣的联系，好比镜花水月。有人一不小心就成了人家文本中的原型，也有人是被迫成为原型，尽管极力否认，但众口铄金，非你莫属，还有人做梦都想成为原型，将对号入座列为此生为之奋斗的一个目标。

当然，有些小说文本是没有什么人物的，譬如奥威尔的《动物庄园》，卡夫卡的《变形记》，那就不存在对号入座的问题了。

谁是朱怀镜，谁是关隐达，谁是刘星明？还有漫水村的余公公是我故乡的哪一位老人？现在想来，其实这些好像都不重要了。

福楼拜曾经说过，包法利夫人就是他自己。

三

一类作家，他在自己的作品里，可以去发明一个人物，然后去规范他，完善他，用文字的雨露养大他，最后却一锤子将他干掉。而另一类作家，他可以去发现一个人物，然后去多方位呈现他，尊重他，让他活在自己的文本中，永远活着。

先生显然属于后者。

四

凋谢有时比盛开更灿烂。这是那棵银杏树传递给我的感觉。

没人知道它到底长多少年了。脚下这地方原来就是千年县衙，秦砖汉瓦找不到半片，只有这棵古银杏树高高地盖过所有房子。据说自有县衙，就有这棵银杏树。

银杏树从深秋开始落叶，整整三四个月都是黄叶纷纷。这棵千年银杏像个魔法师，它的黄叶好像永远落不完。此去千百年，数不清的县令、县丞、衙役、更夫，都踩着这些黄叶走过去了。突然想到那些黑衣黑裤的先人，某种说不明白的感触顷刻间涌上心头。

老银杏树的叶子早已落尽，嫩嫩的芽舌慢慢伸出。不经意间就听到了知了叫，银杏树又是郁郁葱葱了。银杏树似有某种灵性，好比那神圣的菩提树。

原谅我没有给这些原封不动地抄录的文字打上引号，注明出处。打一个不恰当的比喻，就像输血，当你的生命需要这些外来的血液时，它进入你的血管，让你的生命恢复正常的运转与鲜活。仅此而已。

在我眼里，先生精神谱系中的银杏与希腊大诗人埃利蒂斯的石榴没有二致。

当南风呼呼地吹过盖有拱顶的走廊，告诉我，是不是疯狂的银杏树，在阳光中撒着果实累累的笑声，与风的嬉戏和絮语一起跳跃；告诉我，是不是疯狂的银杏树，以新生的叶簇在欢舞，当黎明以胜利的震颤在天空展示我全部的色彩？即将使千百次涌起的波涛，向荒无人迹的海滩奔荡；告诉我，是不是疯狂的银杏树，使帆缆高高地在透明的天空震响？

请告诉我。

五

> 这是我的厨房
> 这是我的餐桌
> 陌生人
> 我请你坐下
> 坐在这张老榆木桌旁
> 抽着烟
> 安心地等
> 我为你做一顿晚饭

——张战《陌生人》

六

阳光从二楼宽大的玻璃窗透射进来，像三月的藤蔓一样攀上他那稍显花白的短发。先生像个学生那样正襟危坐，或者说像一个朝圣者。面前堆得像小山一样的样书，那批马上就要送到读者手中的书，就像新鲜的面包一样散发着墨香。这样的情景我多次目睹。有时是《大清相国》，有时是《国画》，有时是《西州月》，是《苍黄》是《爱历元年》，先生一笔一画，一丝不苟地在扉页上签着自己的名字，有时还会写上一句寄语，或长或短，完全是兴之所至，就像一个农民在面对自己的庄稼。

此时此刻，你可以想象在那个宽敞明亮的房间里，空气似乎比以往更透明一些。此时此刻的他，就是一个农民——勤劳，艰辛，纯朴，仁慈，坚守，自信，傲骄，且遵循天地大道。

是的，他在挖掘，就像爱尔兰大诗人希尼所做的那样，紧握着那杆方管铅字笔，不停地在大地和天空的深处挖掘。这是一门手艺，同时也是一个体力活，得有强壮的身体——这来自他内心的力量，同时也来自夫人每天清晨为他准备的一碗牛肉面。

那是一碗很有讲究的牛肉面。是他夫人张战在前夜精心烹制的炖牛肉。尽管配料不详，烹制方法不明，但可以想象，经过高温和长时间的熬煮，它的香味与可口——出自那个请陌生人坐下，给他做一顿晚饭的优秀女诗人之手，是必须的。

七

认识跃文先生那么多年，从他背后听到的故事，各种书面资料，以及正面接触到的点点滴滴，简直可以写一本传了。但是，每一次接触，先生都会给我一种陌生的感触。当这种陌生成为一种熟悉之后，那粗大的根茎上又会猝不及防地萌发出新的陌生。这就像读他的下一部作品，无论是小说、杂文，还是微博、微信上的一段即兴文字，都会引领我走在一条独辟蹊径的路上。

有时甚至羡慕嫉妒恨，先生是否也会有才思枯竭的那一天？

　　先生经常在外讲课，我也曾有缘听过几次。有次是给某大学总裁培训班的一帮学员讲座，学员来自社会各个行业，其中不乏成功人士。先生事先做了功课，讲的是清朝大户人家的行藏，大到亭台楼阁，小到轿子上的花饰，在条分缕析之后，先生话锋一转，突然谈到人生的悲伤与人性的卑微。那语气，从间关莺语花底滑的侃侃，到幽咽泉流冰下难的语塞，使我再次领悟到先生作品的高度与复杂。

　　先生作品中的人物，确确有诸多洞明世事与人情练达的成功人士，抑或所谓的成功人士，但也有诸多然并卵式的契诃夫式小人物。正是这些小人物的存在，使先生的作品闪耀着宝石般的光芒。

　　在一些闲散场合，譬如说酒桌上，先生是以讲段子而闻名的。哪怕是一些陈腐不堪的老段子，只要经他之口，立马熠熠生辉。这是一个说书人的本事，摊在一个擅讲故事的作家身上，不会让人太过惊奇。但有一次，从酒桌上下来，和先生一起散步，记得是在一个湿地公园，天光云影下，清波粼粼，水草摇曳，当我还在回味先生那忍俊不禁的段子时，不知何故，他突然背起了鲁迅的一段文字："我早已想写一点文字，来记念几个青年的作家。这并非为了别的，只因为两年以来，悲愤总时时来袭击我的心，至今没有停止，我很想借此算是竦身一摇，将悲哀摆脱，给自己轻松一下，照直说，就是我倒要将他们忘却了。"

　　我当即用手机上网查对，先生背得一字不差。

　　这时的先生，让我恍如隔世，猛然惊醒。

八

你在另外的地方沉默

另外一个人望着你

一个人低声问

你说不出

——张战《山》

九

还记得一个朋友曾跟我说过，他读了先生的《国画》等作品后，获得了一种道德上的自由，不禁深以为然。是否可以这样说，先生一直是一个能够自由快乐地表达自己思想的中国作家——尽管这些思想往往淹没在一波波特殊的生活流中，你会被他文本中那些鲜活的惟妙惟肖的细节所感染，所打动，并用来作为茶余饭后的谈资。

显然，这是一种超凡的能力，也是他的作品总是能吸引我们这一代人去阅读，去揣摩的真正原因。

十

要去找先生，根本不用去远方。那个胸怀开阔、古道热肠的人，那个集严肃、高贵、仁慈、隐忍的品德于一身的人，其实就站在原地。一直站在原地。

我见过水流琮琮

　　和谢宗玉兄相识很多年了，如果说每个日子是一丝水纹，一波一波地从岁月的河床上涌出，清亮、碧绿，渐渐地深蓝、幽深，那么说，我见过水流琮琮。其实我是想表达另外的一种意思，要是你耐心地看完下面一行行文字，你会懂的。

　　还记得，那天他穿着制服，骑一辆警用摩托车来到我的办公室，拿了一本《湖南文学》，上面有他的一个短篇小说。小说的题目和内容都不太记得了，只记得风格大概同莫言《怀抱鲜花的女人》类似。这是我第一次见到宗玉，他当时应该不到三十岁，苗条、清秀，温婉得像个女人，而他的小说语言，却那样的张狂、恣肆，不由得令我刮目。我在这种落差中恍惚，突然一阵风将虚掩的窗子推开，窗外是两棵高大的槐树，两片虫蛀的树叶和一只断翅的蝴蝶不期而至，在办公桌上停歇。我熟视无睹，而宗玉俯下身，细心察看，一团明暗闪烁的光亮笼罩在他的头顶，显得那样肃穆、宁静，仿佛来自于世纪之初的光源，至今让我耿耿。

　　大概是半年以后，宗玉拿了两篇散文的打印稿，一篇是《麦田中央的坟》，一篇是《该轮谁离去了》。他在《麦田中央的坟》中写道："把祖先葬在经常耕耘的土地中间，就像葬在身边一样。

高高隆起的坟堆，还像祖先依稀的背影。劳作累了，就一锄头横在坟边，坐下来，卷一筒纸烟，再喝几口自酿的米酒，可以沉默，与祖先共同回忆那些逝去的时光。"在《该轮谁离去了》中写道："躲在陌生的人群中，就像一片叶子混在了杂木林中，互相谁也不知谁的根底，就再也不要按那个规律操作人生舞台的出入场了。身边有些人很早就死了，也有些人很老才死，都不关我什么事，谁知他们的宗族是属常绿植物还是属落叶乔木呢？常绿植物的叶子自然要在枝头待得久些，而落叶乔木的换叶周期相对就要快些。何况，年纪在城市是个秘密，凭肉眼我也分不清谁大谁小。有些妇人和官员都七老八十了，可他们染了发，涂了粉，看起来就还只有五十出头。而有些下岗工人因为过分忧劳，才四十岁的人就白发苍苍像六七十岁了。谁敢说谁已活够了，再活就是多余？这样最好！我也可像周围的人一样，隐匿地活着。"

看了之后我沉默良久，是一种被震撼或者说是被打击了的沉默。他小说中那种暴风骤雨般的气象不见了，呈现出一派风和日丽的景致，但更沉静、深邃，与他自身所流露出来的气质一脉相承。

那一年，散文开始从小说的重围中崛起，应该源于《天涯》杂志上推介的刘亮程散文，那种散发着独特个人气息与苦艾味道的乡土作品，清晰、怀旧、醒神，迅速征服了"伤痕文学"与"先锋小说"的读者——似乎在一种别样的阅读中找到了生命之根，情感之源。宗玉的那两篇散文也投给了《天涯》，被迅速留用后，《天涯》当时的主编蒋子丹让他多写一些类似的作品，仿佛内心的某道闸门被打开，《西墙》等一批作品汹涌而来。继刘亮程之后，《天涯》推出了宗玉的个人散文专辑，并请来当时的文学大鳄李陀、韩少功、史铁生、张炜等呐喊助威，专辑推出后，众所周知，便有了"北刘南谢"的美誉。

宗玉不是那种在文字上刻意雕饰的散文家，他写的都是一些日常里司空见惯的事物，譬如蜜蜂麻雀燕子土墙植物之类，写法上也比较随意、任性，有时甚至是信手拈来，突破了当时一般散文作家的禁区，他写的每一个字，都与自己的生命、灵魂、经历有关。譬如写狐狸，他就实实在在写他所感知的狐狸，不写中国式的狐狸精，不写它狡猾，也不写有着精确生活习性的外国狐狸，一点也不法布尔、布封、普里什文。他写的是他成长记忆中的一个叫着狐狸的符号。那只狐狸在村人的追赶当中，变成了一片打开他们寂寞生活的钥匙。他写牛，不去写牛的勤苦劳作，在他的眼里，牛是一种残酷生存的象形文字，在牛温和的性格里，被忽略了的残酷生存环境都被他给一一揭示出来。

迅速成名后的宗玉，出版了《村庄在南方之南》《田垅上的婴儿》两本散文集，同时，他开始在天涯社区上呼风唤雨，赢得了大量的粉丝。我当文学编辑后，他热心地给我推荐过李娟、赵瑜、塞壬等人的散文作品，当时这些散文作家还相当年轻，而且寂寂无名，一个个在天涯社区上潜水，他从不吝惜自己的赞美，视他们为同道，并预言他们马上会超过自己。也许是觉得在乡土散文上已经无法超越，宗玉又开始了自己的小说道路，起点还真是不低，转型后的第一个中篇《纪念日》就发在了《收获》上，接下来的几个中篇又相继发在了《当代》《人民文学》，其间还写起了长篇，出版了《末日解剖》《黑色往事》等长篇，有的还很畅销，让人只有羡慕加嫉妒恨的份儿。有几年的时间，他几乎把写小说当成了自己的事业。而当一些朋友表示，他的小说太追求可读性，艺术探索性不够，还是喜欢他的散文时，他干脆小说和散文都不写了，开始写起了电影随笔，冷不丁一篇篇在《随笔》等刊物上推出。那些万字以上的电影随笔，独特，犀利，被有识之士界定为电影思想随笔，似乎比他的散文和小说影响更大。

在我所认识的作家中，宗玉确实是一个没有什么姿态感的人。他不会在公众场合滔滔不绝地布道，在朋友面前也从来不颐指气使，牛逼哄哄。甚至有点宅，有点窘，有点隔，有点害羞，总是保持着对世界和人性的怀疑，总是保持着内心的清醒和初萌，还有真实。

记得有一次，有一位知名的西北诗人来到了长沙，我请了几位诗人以及宗玉兄作陪，在辣不怕吃口味虾，喝冰啤。那段时间，我们经常有些小的聚会，通常都是宗玉抢着买了单。他是个实在人，觉得我不如他的收入高，自然就该他买单。但那次宗玉着实被那个西北诗人吓着了。西北诗人一口气喝了七八瓶啤酒，还意犹未尽，竟然在大庭广众之下，高声唱起了《花儿》，歌声并不美妙，引得周边的食客面面相觑，而诗人竟然得寸进尺，抱着身边的一位女诗人翩翩起舞，舞姿自然也不美妙，而且没舞两下，就来了一个熊抱，那位小巧玲珑的南方女诗人受不了那一补，满脸通红，瑟瑟发抖。记得当时宗玉对我说，写诗的人怎么能这样啊，真是不可理喻！

因为在电脑上看了太多的电影，宗玉一度患上了颈椎病，有段时间非常痛苦，出于身体上的考虑，电影看得少了，电影思想随笔也就不怎么写了，但他的写作不会停止，最近出的一本书叫《与子书》，以一个父亲给儿子写信的方式，就男女之间的情感与性爱问题，坦率而诚恳地谈了自己的见解和建议。而此时，宗玉的儿子不到十四岁。

思想在黑暗中奔驰

　　一个人怎样才能穿越与生俱来的孤独、痛苦和黑暗，如何逐渐摆脱如影随形的浅陋、愚顽和原罪，从而获得人生的愉悦和幸福？这可以说是自古以来，一直困扰人类自身的一个重大母题。不是每一个人都像但丁那样幸运，有一位先知先觉的伟大女性站在天堂的门口引领，你只要亦步亦趋，就能如愿以偿。于是，像我等没有引路女神的浮泛之辈，如何设定人生标向，怎样享受短暂人生，而不枉活一世煎熬一生？这需要睿智作为铺垫，而我的朋友袁剑虹就是这样一个具有人生智慧的人。

　　剑虹兄不仅是律师，而且还是诗人。

　　我认识和打过交道的律师不少，但除了剑虹兄，真正成为朋友的，目前几乎还没有。这个原因绝大部分取决于我对于律师这个职业的谨慎。窃以为，一个人要是没有雷厉风行的意志，没有穷追不舍的勇气，和斤斤计较的能力，就不能成为一名好律师。如此种种，都与我外在平和、迟钝、糊涂，同时内里又相对脆弱、敏感的个性背道而驰。这是我对他们敬而远之的原因。需要说明的是，对我来说当然不仅仅限于律师，还包括警察、官员、商人、教授，以及管闲事的闲人和上门来发选票的社区忙人。远离他们是为了保护自己，就像著名的小人物格雷高尔先生，一天早晨从不安的睡梦中醒来，突然发现自己在床上变成了一只巨大的甲虫。即使甲壳坚若铠甲，也阻挡不了高科技的酸风硫雨，受苦的还是自己。

我认识的诗人或者写诗者当然更多。曾几何时，年少的我蛰居乡野，却心怀天下诗友，仅凭一枚枚八分邮票，我们便穿越遥远时空，情侣般鸿雁传书，三天不见信兮，竟至魄落魂失。再后，岁齿徒增的我身居闹市，骚人雅集，推杯换盏，高唱低吟，好不快活。厮混日久，随之问题也来。

所谓诗者，言也，寺也，几乎每个人都是自己那座诗庙中的外交部发言人，为自己那看不清道不明的诗歌主权而理直气壮而咄咄逼人而强词夺理，乃至一言不合，便大打出手。老子天下第一，谁也不服谁。几次败下阵来之后，吾不得不甘拜下风，退居一百零八名之外，庸眼旁观。但作为一名诗者，有时又不甘寂寞，跃跃然心向往之。可打铁还须自身硬，没有三板斧，也阻挡不了各种流派和宣言的刀光剑影。

在此两难之下，经开林兄引介，剑虹兄出现在了我的视野之中。

如果用一见钟情来形容我和剑虹兄的交往，太肉麻，但不过也是事实。从此以后，他那哈哈哈并不流畅的大笑，和我那嘿嘿嘿更加生涩的浅笑，就没有离开过彼此。曾几何时，我们在一个名叫竹淇的茶馆里，其实现在仍是如此，一定得是一个靠窗的包厢，不管叫竹里，还是荷下，各人叫上一杯十年生普，或者一壶三十年黑茶，配上几包香烟，一泡就是大半天。也许我们都是那种在应酬时木讷少言，但情绪一旦上来，也能侃侃而谈的人。我们谈各自的生活，儿时经历，乡下见闻，家长里短，以及如何待人，怎样处事。偶尔也谈谈他那曾呼风唤雨的当事人和我曾采访过的身陷囹圄的歹徒。当然，谈得更多的是诗。别人的诗和自己的诗。

想不到谈诗也能很愉快，不焦虑，无目的，不装神弄鬼，更不故作高深。谈谈策兰、顾城，扯扯曼杰斯坦姆、阿多尼斯、拉拉阿米亥、里尔克，或者翻翻他随身带来的《诗选刊》《当代国际诗坛》，我带着的《汉诗》《开·闭·开》。烟不离手，诗不离口，当然，有时也有困惑，那时思绪就像手中的烟雾一样弥散，虽身陷云雾，但当剑虹兄适时打开包厢门窗，一下子便烟消云散，神清气爽。这也是剑虹兄用他淡定的行为带给我的人生智慧之一：别太纠结，必要时给自己打开一扇窗。

这一两年来，我目睹剑虹兄把大量的时间和精力都用在诗歌的阅读和创作上，而他把工作上的事情基本上交与了信任的同事去打理。他自己则专心阅读，曼杰斯坦姆的诗全集，策兰的诗选，还有阿多尼斯的《我的孤独是一座花园》，都被他画得圈圈点点，在空白处作满了密密麻麻的笔记。还记得他在阅读爱泼斯坦《俄罗斯诗歌新潮流：概念主义，元现实主义，在场主义》一文后的兴奋表情。我一直重视阅读对一个诗人的重要，见过当今很多诗者，激情澎湃，眼高于顶，根本不看别人的作品，更不阅读经典，可谓无知无畏，而对自己的东西奉若圭臬，到处传播，其实是一些自命不凡的垃圾，却容不得别人说半个不字。剑虹兄不是这样，他很在乎别人的意见，乃至一个词一个字，他都能虚心接受，认真考虑，这种严谨的态度，也许源于他的律师职业，更是他追求诗歌中静水深流之美的一种内心体现。

他的三十岁左右的诗作大多重视外在抒情，音韵铿锵，适合朗诵，之后沉默了多年，近年再次拿起诗笔时，已然没有了早些年的莽撞和挥霍，这些诗写得凝练，干净，俯拾皆呈意味深长，且满盈暗喻，讲究意象和音韵之美。比如：

踩着蛙声的脚步
踩痛了夜的眼睛

——《五月，乡村之夜》

乳汁抹在夜的睫毛上
心思，熬成眼泪，种入大地
风的手帕，擦不干

——《夜，雨水从树叶上滑落》

尘烟暮色，掀动笺纸
被时间过滤

——《北窗》

风，吹干了这张纸
风的吹拂使纸的妩媚如常

——《时空之殇》

一首诗歌的存在，一开始不是体现诗人在想什么，想要表达什么，而是应该体现在语言上，所以把诗写得凝练，干净，字字意味深长，句句充满暗喻，讲究意象和音韵之美尤为重要，这可以说是每一个优秀诗人的必杀技。当我在读剑虹兄的《五月，乡村之夜》，特别是读到"踩着蛙声的脚步，踩痛了夜的眼睛"这句时，我的眼睛湿润了，内心的情感变得沉重而复杂。他并没有写到要如何保护青蛙，但我会想起小时候，我和姐姐提着一个蛇皮袋，打着手电筒去抓青蛙的五月乡村之夜，我们的确是踩着蛙声的脚步去的，用手电筒明亮的光线直射着草丛中青蛙的眼睛，使之麻痹，再徒手去抓，简直是一抓一个准，很少能够侥幸逃脱。而这些被抓的青蛙会丰富我们第二天贫瘠的肠胃，现在想来，当时我的脚步，确实是踩痛了夜的眼睛，所以后来，不再有饥饿之后，在城市丰盛的餐桌上，无论青蛙烹制得多美，都不是我的山珍海味，因为我还有无数的夜晚需要度过。在这样的晚上，我可以在社区的林荫道上悠闲地散步，但我再不能踩痛夜的眼睛。

因此，一个优秀的诗人提供给读者的回忆、想象和反思是无限的。

一首诗由于细腻敏感而美妙卓越。诗篇中的冲突、对立与失意都会给诗人的诚实加分，但那独特的诗性感悟才是诗篇最基本的构成元素，就像一个水分子是由一个氢原子和两个氧原子组成一样。现在让我们回到剑虹兄的诗篇中，夜的心思真的能熬成眼泪种入大地吗？穿过风的防线之后，四月为什么会被灯光碾碎？悲喜之后的面庞难道真的会晶莹剔透？

如果一首诗同时允许对其内涵进行两种或两种以上不同意义的解读，最后又不盖棺定论，如在科学话语中，这种模糊和含混则会显得不伦不类，缺乏说服力，但在诗歌中，意蕴和意境便因此而产生。这就是诗歌艺术的魅力，剑虹兄深谙此道。这也是一种艺术智慧的体现，可以断定，没有这种智慧，诗歌就只能是寡水一杯，白纸一张。

一首优美的诗歌到最后都会形成一个完整的逻辑结构，但其局部的旁逸斜出，或者说是细节的呈现，才能使这首诗具有神采和活力，否则必定黯淡无力。试想想，在《北窗》中如果没有"尘烟暮色，掀动笺纸，被时间过滤"，在《时空之殇》中如果没有"风，吹干了这张纸，风的吹拂使纸的妩媚如常"这样精辟的出其不意的句子，这两首诗还有存在的意义吗？答案是：没有。

剑虹兄年少就喜爱阅读中外哲学著作，及至法学、政治学、经济学著作，并做了大量的读书札记。一个有系统思想的诗人，不可能不准确地表达自己的思想，但不会是体系，而是节点，而且在表达这些思想的节点时，他必须用一个诗人的方式，而不是以一个哲学家的面目出现。就像我极其喜欢的诗人希姆博尔斯卡，有人说她的诗受了存在主义哲学的影响，尽管她本人否认，但她那极为朴素的诗歌中表现出的张力，我认为确实是有存在主义哲学的元素存焉。

> 词语萎缩的时候
> 行为是茂盛的花瓣
>
> ——《流动》

> 夜在后退，也在前进
> 夜的包围就像猎场
> 裹于夜色的兽性隐于黑暗
> 猎手，在山间深睡，醒与不醒
> 梦，早已将子弹推上了膛
>
> ——《车过雪峰山》

　　剑虹兄说，在《流动》这首诗中，表达了一种普遍的哲理，天地间的一切都存在于"流动"之中，"词语萎缩的时候，行为是茂盛的花瓣"，这是流动所带来的结果，人类的一切皆包含其中。而我所体悟到的，却是一种禅意，一种神秘的理性，一种对沉默与喧哗的申辩。同样，在《车过雪峰山》中，剑虹兄大胆地营造了"裹于夜色的兽性隐于黑暗"这一意象复杂的句式。汽车像一头雄狮，在险象环生的黑暗中寻找猎物，实际上是作者的思想在黑暗中奔驰。

> 睡吧，事物
> 没有比睡更好的方式
> 作为依托
> 天是无边的褥子
> 地是宽阔的床

睡吧，事物
睡在日出日落里
将关闭和打开作为理念
头枕时空，任躯体老去，心灵翱翔

睡吧，事物
睡是彻底的解放
无思无虑，无虚无实
哪里都是怀抱
哪里都是梦乡

睡吧，事物
睡过后，醒，才不会坠落

在剑虹兄自己的诠释里，睡是天地中最简单也是最美好的方式，而且没有比这更好的方式，来成为万事万物的"依托"，即使再复杂的东西，在入睡时也会变得简单、纯朴。睡，同时也是作者在面对天地时的一种融合方式。头枕时空，任躯体老去，心灵才能释放。在剑虹兄的思想中，我们的一生都在"睡着"，同时也都在"醒着"，这是一种达观的人生态度，也是一种淡定的玄思。

在《事物发展的应有秩序》中，剑虹兄作了如此动人的，同时又复杂的描述：

那些过去的，现存的，未来的事物
占据了空间的有利地形
向时间开火
炮弹在空中呼啸

> 找不到弹坑
> 没有弹坑的战场找不到尸体
> 敌人是我们自己
> 壕沟不断深入

我至今也不知道事物发展的应有秩序是什么，相信有很多人也和我一样，甚至那些哲学家也未必能说得清楚。但这既然是一首诗，而且是一首抒情诗，它就没有责任去承担条分缕析的功能。这首诗弥漫着极强的幻想，甚至科幻的味道，才是这首诗真正的内核。而这种内核的形成，是诗人借助了隐喻来完成的。隐喻是使诗学变得复杂和深远的最重要手段，同时也是优秀的现代诗人手中最强大的武器，就像导弹，是一种依靠制导系统来控制飞行轨迹，可以指定攻击目标，甚至追踪目标动向的无人驾驶武器。可以说，当代那些最优秀的口语诗歌之所以仍然处在诗歌的冷兵器时代，就是因为缺少隐喻。

> 一颗蛋黄
> 摆放在蓝色波纹的餐桌上
>
> 目光的早餐
> 黑夜所生，黑夜所煮
> 谁，悄悄地脱下了她的衣裳

同样，在《海上的日出》这首短诗中，剑虹兄运用了极端浓缩的隐喻，"蛋黄""餐桌""目光""黑夜""衣裳"，这些八竿子打不着的词语联系在一起时，不禁令人浮想联翩。这是诗人用自己独特的想象和思想为我们拍摄出来的一幅海上日出景象，它赋予了司空见惯的大自然一种前所未有的生命的活力。

　　说到这里，其实意象也罢，隐喻也罢，字字意味深长也罢，阅读也罢，写诗也罢，一个人选择诗歌，归根结底还是要落到他的人生态度上。剑虹兄三十多岁后重拾诗笔，并写出了与少时风格截然不同的诗歌，这无疑是他人生态度的一次蜕变。我们到底需要一个怎样的人生？说白了，一个人活着的意义到底是什么？功成名就的季羡林老先生尚且在耄耋之年还说出这样的话：人生没有意义。何况我等浮泛之辈乎？所以剑虹兄的《天地之亲》就只有两句：

> 所有的飞翔最终只能停下翅膀
> 所有的光芒最终只能选择暗淡

　　是尘埃，终归都要落定的。所以，一个人最重要的，还是享受生命的过程，以我愚钝的想法，季羡林先生在盛年时，绝对不会感叹人生没有意义，否则他那洋洋巨著，以及北大副校长的身份，肯定会成泡影。其实，每个人都生活在各自不同的天地，一个人所能体验和表达的，只是自己的观念、感情和愿望。所以剑虹兄在人生的盛年选择写诗，尽量减少事业上的拼杀以及业余时的行乐，比如打牌，而以写诗的行为从内心寻找快乐，实乃智慧之举也。

　　而这种人生的智慧，得益于他用诗性来表达那些司空见惯的日常事物，而成为他追求诗歌之美的终极目标。比如：

> 妻在楼下唱着歌
> 有关爱情和人生
> 旋律像麻雀
> 在耳边不停地啄啄啄
> 我喜欢麻雀

喜欢她的简单
喜欢她孜孜不倦的飞翔
——《妻在楼下唱着歌》

　　古希腊的哲学家说过：从我们内心得来的快乐，远超过从外界得来的快乐，在剑虹兄的内心，他的妻子不是一位翻手为云的女强人，也不是一位默默奉献的贤妻，而是一只叽叽喳喳的麻雀。这是一个心智极高的人的内心隐秘的快乐。

　　我想，一个人写诗的意义也许全部就在这里。拥有了这些意义，剑虹兄的诗一定也能走得更远，到达更高更深的境界。

阿微市和依萝

　　如果没有记错的话，是 2011 年冬天，身居江西上饶的傅菲，一个特立独行的散文家，让我知道了这个名字——阿微木依萝。很显然，傅菲兄不是一个对所有作家和文字都津津乐道的人，在文字上他有孤傲的一面，相信他不会向我如此热心地推荐一个平庸的作者，否则他也就写不出那样一手星汉璀璨、超拔群伦的文字了。

　　因有编辑和作者的双重身份，傅菲兄的推荐不得不令我对她刮目相看。阿微木依萝，这是怎样的一个文学小女子呢？我的目光就像扑向山谷的一挂悬瀑，着急地寻找着它倚身的崖壁与谷底。

　　"那个晚上我做梦了，在梦里瞬间变老，老得像鬼。"

　　当我读到这行文字时，我的心踏实起来，更加坚信了傅菲兄的特立独行——不仅出手不凡，而且眼光如炬。

　　从字面上看，阿微木依萝是两种植物，阿微木和依萝。那么，阿微木是怎样的一种树木，依萝是怎样的一种藤萝呢？没有多少植物知识的人不得不求助于度娘，但好像并没有一种叫阿微的木和一种叫依的萝呀。那么，阿微木和依萝仅是阿微木依萝虚构出来的两种植物。但又一想，如果不论种类，那么任何木，都是可以叫阿微的，任何萝都能够叫侬的。在私人范畴里，只要你愿意，每个人都有对事物命名的权力。

后来，我将那组叫作《路标上的招贴》的文字发表在了我所在的刊物上，这是她第一次在省级文学刊物上发表作品。第二年，她又在我所在的刊物上发表了《走族》，并给我这个责任编辑带来了荣誉——《走族》获得了第五届在场主义散文奖新锐奖。

我了解她是从一个标签式说明开始的：彝族。爱好文学，写作，旅游，音乐。故乡：四川凉山彝族自治州。原来，阿微还真不是一种木，而是她的彝族姓氏。她的家族有点复杂，爷爷是彝族，姓阿微，奶奶姓卢，其实奶奶也不是纯粹的汉族，她有布依族血统。爷爷是上门女婿，所以汉姓跟着奶奶姓卢。于是阿微木依萝身份证上也是姓卢，而不是阿微，阿微木依萝倒成了她的一个笔名。

读阿微木依萝早期的那批散文，总是让我想起初出道的萧红，想起她的散文集《商市街》。很显然，阿微的童年不比萧红更幸福，在她的散文《我和祖父的园子》中，还有一个快乐的祖父和一个欢乐的园子，而在阿微的《那年 10 岁》中，她的家只是一个不大的窝棚，是用一捆一捆的干草盖起来的。她爸当过兵。越战时是野战部队的班长，一只耳朵被炮弹震坏了，退役没几年就聋了，后来成了一个酒鬼，她妈才是家里的顶梁柱。那年闹起了饥荒，成天吃那种叫天须米的野菜，她和弟弟一边吃一边哭。但不吃不行，因为不吃就得饿死。一天，她爸妈得到一个消息，说是城里有一个四十多岁的独身女人，想要一个十岁左右的养女。问她愿不愿意去，虽心里难过，但她最后还是同意了，还在父母的要求下，给那个女人写了一封信："妈妈，你好！我是一个上二年级十岁的小学生。我很喜欢读书。你姓陈，以后我也姓陈了。我很喜欢这个'陈'字。我很喜欢读书。"

　　为了表示她的成绩一定可以考上大学，阿微木依萝重复着"我很喜欢读书"。又为了能让那个女人下决心收下她，她坚定地要跟她姓陈，并且很爱那个"陈"字。

　　这使我想起了很多外国小说，包括获得诺贝尔文学奖的法国作家莫迪亚诺的小说中，对自我身份的迷失与找寻。显然，阿微的这段故事，并不是小说，而是她的亲身经历，她后来并没有姓陈，还是姓卢。但要是她姓了陈，成了城里人家的女儿，就肯定不会在初一时辍学。为了她上初中的学杂费，父母竟然将房子卖了，然后去云南打工，后来打工也没挣钱，又回来了，只得借住在以前邻居的房子里。她不得不在老家的高山峡谷里放了几年牛。后来到了成都摆地摊，贩卖水果和海带，在城管的围追堵截中锻造了自己的勇敢与智慧。再后来，去凉山学理发，在浙江做针织，上工厂的流水线，然后去了东莞，直至现在。

　　要是阿微姓了陈，她可能真的上了大学，过上了体面的白领生活，但可以肯定的是，这个世界上就少了一个叫阿微木依萝的作家。

　　她的散文带着强烈的个人色彩。相比之下，她没有周晓枫的绚烂迷离，没有塞壬的自剖沉痛，没有李娟的广阔原始，甚至远没有她们有名，但她就那样成就了一个默默生辉的自己。就像这个名字中的两种植物，她从小就用两种语言讲话，两种语言书写，有时干脆混杂着讲，在一句简单的话里，一半是汉语一半是彝语。我相信这样的表达虽然有些艰难，但是深入到了她的血液的，从而使她那简洁的文字有了一种陌生化和异质感。譬如她写到建房子，"他非要茅草房，门前可以煮酒那样的，就像把诗歌修在地上。"写到水果小贩，"他也只是一个普通的流动摊主……正望着小红的梨子发恨。他只爱他的梨子。"谈到算命先生，"很多时候算命先生充当着炼金术士的角色，他们要从这些人的命运中提取发光材质，炼出人们内心希望的黄金。"写到自己，"母亲让我守护这些粮食，以为我是个精明的孩子。她错了。我是个稻草人。"

这样的文字在她的作品中不胜枚举，那些半生不熟的文字和语感，就像一个人身上的隐秘胎记，在她的成长叙事中散发着生命特有的气息，相信随着时光的流逝，也会在更广阔的时空里熠熠发光。

正因为她的散文带着她强烈的个人色彩，没有绚烂迷离，没有自剖沉痛，没有广阔原始，而是带着陌生和异质，这种陌生和异质，体现在她处理人生的苦难上，没有呐喊，没有呻吟，更没有煽情，而是用一种久经生活磨砺后的平静、淡然、幽默、豁达，来将那些苦难淬火。这也是她越来越成熟的标志。限于篇幅，在这里只引用两段文字。

"每一场酒席必不可少的就是那山外的见闻，翻来翻去地说，说不完地说。再后来那山外的见闻说得要升仙的样子，一个比一个玄乎，孙伯伯说他有一次遇见了唐僧，他带回来的那几颗白色珠子——就是挂在孙婶子脖子上那几颗——是唐僧送给他的。"

"现在她（大姑姑）和小姑姑都在江西砖瓦厂。大姑姑问我写作好不好写，是怎么计算工资的。我想了一下回答，没有工资，有时写砸了，算白干。就是写了一堆放着，也不一定找得着合适的地方交货。她叹口气说，这样说来好不保险，干砸了不是要饿饭啊？我想是不是跟计件一样，多劳多得，弄砸了返工重做。是这样的吧？我说是。我也只能说是。不能告诉她有时候返工的机会都没有，因为一开始我就制造了废品，是那种纯废料，回天无力的。"

这两段文字使我想到捷克大作家赫拉巴尔，他从来只写普通百姓，特殊的普通百姓，他将这些人称为巴比代尔。用老赫的话说，是一些中魔的人。他们会开怀大笑，并且为世界的意义而流泪。不是某个时刻，而是某些时刻，在他们看来是美好的。他们善于用幽默，哪怕是黑色幽默，来装饰自己的每一天，甚至是悲痛的一天。他们以自己毫不轻松的生活，粗野地撞进了文学，从而使文学有了生气。在我看来，阿微木依萝的大姑姑和孙伯伯，就是赫拉巴尔的母亲和贝宾大伯，她的系列散文《美丽生活》，就是中国的《巴比代尔》。

将阿微木依萝比为中国女版的赫拉巴尔，当然是有夸张的成分，她的文学成就还需要时间来完成。但她目前的文学态度，让她有了独特的姿态，得以在众多优秀的中国女性散文作家中区别开来，成为唯一。

阿微木和依萝是两种植物，一种是树木，一种是藤萝，当它们遭遇在一起时，一个是笔直地向上生长，有着坚实的骨头；一个是蜿蜒曲折地依附，有着柔软的心。在阿微木依萝的身上和文字里，这两样东西缺一不可。这也许就是她的宿命。

一个打水漂的女孩

　　玉珍告诉我，她家门口有一棵很大的树，是爷爷种下的。小时候，她经常在树下玩。那棵泡桐树长得特别茂盛，高大的树冠盖住了她家的房子，盖住了她三奶奶四奶奶还有七奶奶家的牛房。

　　她说她小时候可野了，比男孩子还要调皮，是个孩子王，喜欢爬到树上去玩，她想让爸爸妈妈找不到她，看他们着急的样子，一个人还偷偷地笑。当然，喜欢爬树的另一个原因，是她觉得自己是王，是王，当然要站在高处了。

　　除了喜欢树，她最喜欢的就是花了。可是喜欢花的孩子，不再是王，而是一个普通的农家小女孩了。

　　玉珍老家最多的是杜鹃花，俗称映山红，一到春天，真的就会把山都映红了。她最喜欢爬上山去采花，那简直是在花海里游，除了杜鹃花还有老虎花打碗碗花，以及其他不知道名字的数不胜数的花。而对她影响很深的是一种叫作断肠的花，其实她根本不知道它叫什么名字。那种花紫艳紫艳，一绺一绺的，有点像稻穗。小时候特别喜欢，特别想采下来玩，但妈妈不让，说有毒，玩了会断肠子。认为妈妈是在吓唬她，并没在意。

　　她小时太矮，断肠花长在路边或者高坎上，根本摘不着，她叫过很多人摘，他们都不答应，她感到奇怪，她可是个人见人爱的孩子啊，不仅长得特别好看而且聪明伶俐，所有长辈都喜欢她。她想他们都不答应她一定是有道理的，莫非那个花真的有毒？从此，她看到断肠花就有点害怕，认定它一定会断人肠子。但是后来，她还是没有战胜自己强大的好奇心，想尽了办法，采到好几朵。她小心翼翼地摆弄着那些花，多美啊，怎么会有毒呢？不过她在路上抓着那些花看了很久，还是不敢拿回家，怕妈妈看见，又怕小伙伴看见了抢去玩，如果他们玩了肠子断了怎么办？于是她就把花藏在路边的草丛里，决定好好研究一下。当然她最终并没有研究出什么名堂，只知道那个花根本没害她，她的肠子也没有断。

但这注定了她一辈子都不会忘记它，她给它取了断肠花这个名字，于是这花便永远属于她了。

玉珍忘了是什么时候开始爱上诗歌的，诗歌对于她来说，最初只是一种纯粹的表达，就是一种强烈情感的自然流露，像伤心时流泪一样，是一种自然的情绪反应。当然很多人不会拿写诗来发泄情绪，因为性格爱好不同，当时的玉珍还无法诠释诗歌之魅，只是因为热爱，这是完全可以理解的。

很小的时候，她就喜欢用文字表达自己，试图利用文字来表达内心向往或赞叹的美，以及表达强烈的委屈或欢快，纵然那个时候她还不懂诗歌，但那应该是她写诗的雏形。直到现在，她还只会写她自己，她的生活，她的学习，她的童年，她对未来的向往和憧憬，对某件事物的看法，没有一句是离开自己的，因为除了自己，她对这世界的一切都不太了解。

从她内心深处蹦出来的诗句，源于过于丰富的情感，情感丰富的人泪腺发达，她说她太爱哭了，特别是一个人偷偷地哭。自从长大后，那个比男孩子还要顽皮的小女孩在她的身上没有了踪影，她变得多愁善感，甚至文弱起来。她特别喜欢韩国电影《如果爱有天意》和《雏菊》，可以说是看一次，哭一次，后来觉得这样下去不行，会哭坏身体，但过了一段时间，她又忍不住会去看，再次哭得不行。

也许她天生具有悲悯情怀，或者天生多愁善感，她的很多诗都源于她的悲悯、忧郁、多愁、脆弱、敏感，偶尔的热烈和愤怒，还有固执和直觉。除了这些貌似悲观的东西，她对生活的热爱和敬畏，对纯粹和纯洁，对灵魂的精神的，对一切美好事物的向往和热爱，都是她写诗的原动力。

所以，她虽然常常悲观忧郁，不知道真正的诗人是否也和她一样，但她一直认真单纯地生活着，认真地写诗。有时候为了写好一句诗，几乎通宵不睡。

从目前来看，她的诗歌表现形式，正如她自己所说，确实是简单的，一切以"我"为主体，往往不袭陈言，直抒胸臆。比如，那么多的"我看见我听见我梦见我喜欢我总是"，就像一个在河边打水漂的孩子，她的"我"，是手中那块小小的瓦片，只要随手一掷，就会在水面上划出优美的弧线，并激起一朵朵水花，给人带来意外的惊喜。譬如她说：我的乐观已经炉火纯青游刃有余；减去零，我剩下的，依然是个零；我活得太快了，活得越快，死得越快；我也被逼着，说过很多假话，流着眼泪，去画圆命运的棱角；我只用我的青翠，包围透明。她在短诗《我要跟你告别》中写道：

> 在我对面坐着夏天
> 在我对面站着——对峙的沉默
> 身后，无数事物在分道扬镳
> 至于未来，我更多依靠着从前
> 我拥有绝望的本领，死而不僵
> 自伤也伤得恰到好处

很多时候我将惊慌一并地

抱进怀里，一种痛燃烧起来

我觉得暖和，我认定

所有好人都不会死

　　她以诗歌的形式活在自己的世界里，那么单纯、简洁，那么任性、真诚，信手拈来，使简单的汉字赋予了她个人的色彩和体温，在她不经意的投掷中，形成了一小朵一小朵独特的语言浪花。

　　当然，随着社会阅历的增加，加上对现当代优秀诗歌的反复阅读，这个小女孩开始对自己写诗的要求高了起来，比如她在尝试着追求更复杂的语境，深刻的体验和独特的发现，以及关注本我之外的东西，在她看来，这样诗的视野才会宽广，意义也就更深厚。

　　那就祝福她吧。一个人站在一条未知的堤岸，祝福一个打水漂的女孩。

坐着火车旅行

　　坐着火车旅行。请注意，不是坐火车去旅行，这基本上是两个不同的概念。谁都有坐火车去某个地方旅行的经历，但一味地坐着火车而不落地的旅行者，我敢打赌，这样的人肯定少之又少。简直可以称之为怪人。而在我所认识的人当中，就有这样一位——咱们的裴济洋同学。他的学生证上写着北大哲学系学生，但这只是他的一项帽子、一套行装。在路上的时候，他只是他自己。作为一名大学生，他利用寒暑假和节假日的时间，坐火车259 次，行程 18 万公里，几乎遍及了全国所有通火车的地方。是的，这个一点儿不假，有他所保存的火车票和沿途拍摄的照片为证。而且，他还写了一本书——《澄明之境：旅行是为了在路上》，他用精湛、诗性和有趣的文字，用鲜活、随性的摄影，抒发与记录了他坐火车旅行的遭遇，以及所闻、所思和所感。

　　裴济洋把这种坐着火车旅行的行为称为运转。事情发生在2009 年 4 月初的一天，那天上午下课后，热爱读书的他，像往常一样走进了北大图书馆，但在阳光大厅里，他突然举目茫然，不知往哪层去。就这样，他被窗外折射进来的明亮的阳光所笼罩，陷入了前所未有的沉思，是的，甚至还有点儿迷惘：读书哪儿都能读的呀，何必一定要把自己像一头驴一样拴在图书馆的磨道里。于是，坐着火车旅行的冲动就在这一瞬间，突然闪烁在他的脑际：此时此刻，他那么想去一个苍茫寥廓，一望无际的地方啊。他想离开北大，离开图书馆，离开家，越远越好。在读高三的时候，他就憧憬着独自去一趟四川，并憧憬着坐火车翻越秦岭，于是马上打开手机，在线查询时刻表，发现北京西—攀枝花的 K117 次正好是 11：20 开车，连行囊都来不及收拾，随身背了几本书，就直接打车去了。他来到北京西站时已经是 10：45 了，他竟然买到了一张卧铺票。

三年后，小裴在同我讲起他的第一次运转经历时说，如果那次，他因为某种原因而没有买到当天去四川的车票，他那坐着火车旅行全国的设想说不定就会成为泡影。这不是不可能——因为我们所处的这个世界总是充满偶然，就像法国象征主义诗人马拉美所说的那样，一把骰子紧紧地攥在手中与被掷出完全是两种不同的命运。同样，在我们东方，也有一个类似的典故：一千多年前，王子猷雪夜访友人戴安道，到了门前却又返了回来，"本乘兴而来，兴尽而返，何必见安道耶？"小裴同学醉心于"在路上"这种存在方式，他在乎心中存有怎样的情怀，而不在乎眼中看到怎样的风景。

在人们纷纷疲于躬行的当下，做一个行者远比做一个宅士要难。远行几乎是每一个人的梦想，而这个梦想往往胎死腹中，这与我们千百年来所受的隐忍、沉潜的道德教育不无关系。小裴同学终于迈开了他运转的第一步，从此一发不可收。而他的这第一步，就像手中的骰子那样，仍然充满了偶然和变数。到了车上他才知道，这列车走的是安康，而不是宝鸡，所以看不到秦岭，前面是安阳、是郑州、是成都，是一个比一个繁华、一个比一个喧嚣的城市，这都不是他想去的地方。因为在他的眼里，所有的繁华和喧嚣都近在咫尺，都不是遥远，不是他所期待的远方。

当他在 K117 上睡了一觉醒来后，列车停靠在了郑州车站。

他走出车厢，在站台上四处张望，突然一个模糊但又鲜明的冲动紧紧地攫住了他。仿佛在远方的黑暗中有某种声音在召唤。这个冲动直接导致的后果是，他毅然返回列车，背上书包，冲下火车，不顾列车员好心的劝阻，成功地逃离了这列火车。是的，他要去他灵魂此刻最想到达的地方。

命运的骰子既然已经掷出，就再已无法收回。他一个人孤零零地站在站台上，看着南来北往呼啸而去的火车，感受到了一种从未有过的自由，是的，甚至还有点儿孤独——而擅自改变既定的方向。既然风景在远方，那就让它更远，更陌生，更开阔。于是他踏上了西去的列车，前往兰州。T197 拥挤不堪，远没有K117 舒适，而且还是站票，连一个栖身的座位都没有，更不要奢望卧铺。于是他就只能直接坐在地板上，和几个抽着烟，去新疆摘棉花的民工挤在一起，直至昏然睡去。但他没有后悔。

小裴同学这第一次运转的终点站是兰州。在穿山越岭间，他所期待的远方终于向他解释了什么叫遥远。在黎明前的黑暗中，他不知道此次列车是行进在平原还是山区，是桥梁还是隧道，前不见头，后不见尾，就像俄罗斯后现代作家佩列文在一部小说中所描述的那样，一列叫着"黄色箭头"的火车，不知从何方开来，也不知向何方驶去，仿佛永远都不会停下。这让他感受到陌生和怀疑原来是一种力量，把人卷入了无边的孤独与畏惧当中。就在这孤独与畏惧中，他展开一番哲学思考，追问生命存在的意义。伴随哲思的奔涌，火车在黑暗中飞驰。他深深地思考，并且领悟，哲学的精神在于爱智慧，爱智慧是一种渗透到方方面面的生活方式，他要将这种生活方式落实到年轻生命的实处。

半年之后，他又开始了自己的第二次运转，乃至两三年间，北至黑龙江漠河，西至新疆和田，他都乘着火车亲身"运转"到达。他将沿途的每一个站名记在心里，将相机伸出车窗，拍下大千世界，并详细记载运转时所遭遇的一切：每一次在售票厅购票的情形，挤在车厢里读书的情景，火车上盒饭的价格，以及是否可口，还是难以下咽……他写下与乘务员打交道的细节，写下在车上和民工、官员、母子的交谈，还有如何用试图多种语言和老外们交流，如何充当翻译。对于需要帮助的人，他都毫不犹豫地施以援手。哪怕自己的帮助是多么的微不足道，他都一以贯之地倾注自己最真诚、最真实的爱。

《澄明之境：旅行是为了在路上》的确是一本让人不忍释手的书。除了充满灵性的叙述，缜密的思绪，丰富的信息量和鲜活的知识元，更重要的是，小裴同学时时刻刻都没有忘记，在行迹匆匆之余记录下自己独立的思考，独特的感受。作为一名当代的中国大学生，他在旅行中孜孜不倦地学习和思索，锻造自己的灵魂。他对自由思想、独立精神、纯洁人格的追求，无疑是值得我们欣慰的。

小裴同学中学六年受业于北京市十一中学，其间曾出访荷兰、德国、日本等国家。2008 年考入北京大学，先后就读于国际关系学院、哲学系。撰写论文、学术随笔等各类文章 60 余万字，独自乘火车旅行 18 万公里，同时利用业余时间担任售票志愿者，是北大家喻户晓的"铁路帝"。曾多次接受新华社、《人民日报》、中央电视台、《大学生》等媒体专访。2012 年 6 月被授予"2011 中国大学生年度人物"称号。

岁月的光年

第一次看到的你，才刚刚满月，那是 1990 年的初春，你乌黑的头发像木炭，白晰的肌肤像冰雪，宽阔的额头像草原，露水一样的眼睛，小火焰一样的嘴唇，和我梦中出现的那个小女孩一模一样。当时，你的舅舅我，还是个兴致勃勃的年轻诗者，在你还没有出生时，你就已在他的诗歌中呼吸了，就像一轮弦月，在漫天涌动的黑里，鼓起天使般的小嘴，一张一翕。

有段时间，舅舅的眼睛一度失去色彩，喉管一度失去声音，是你给他的世界里带来了光和声音。不是上帝说要有光，就有了光；不是雄鸡说要有声音，就有了声音。不是。

还那么小，才刚刚一岁，你就能喊我舅舅了。舌尖抵住牙龈，上唇包住下唇，蹦出两个小蝌蚪一样的音符：舅……舅。你很聪明，很特别，同时你也很普通，很容易哄。

两只小鸡。一只羽毛倒竖，一只倒竖羽毛，同时啄住一条蚯蚓，一个咬住一头，于是那条可怜的蚯蚓，顿时变成了一条橡皮筋，变细，变长，再用一点点力就要断掉了。不过一直没有断掉，因为下面有落款：易子伊三岁画。

那时你特别喜欢吃甘蔗，总是要舅舅下去买，我懒，不去，说只有小甘蔗，问你吃不吃，你说吃。于是我就点了一支烟，让你摸了摸，然后在你的面前吹出一口袅袅的烟雾，让你吃小甘蔗，你咳嗽起来，从此再不向舅舅要甘蔗吃了。

上幼儿园时，如果你爸出差，我这个舅舅就去接你回家。一次，经过第一师范门口，你吵啊闹啊的硬是要我停下自行车。停下来，我以为你是要买泡泡糖，结果是在地摊上买了一副小墨镜，至今还记得你戴墨镜时的，那个小得意的样子。

某年，回华容老家待了一个暑假，一个城里的洋娃娃突然就变成了一个泥土小孩，你总是一身泥一身水的，比那些乡下孩子还要疯，还要野，还要脏。

上小学时，你就跟着父母去了海口。记得八九岁，你和爸妈一起回长沙，我去接站。天上下着小雨，你扯了几次衣袖，原来是怕把手腕上的新表给打湿了。

在海口的事情，只能从你妈妈和你自己的日记中了解了。印象最深的是，你迷上了日本的漫画，据你妈说，还是不太健康的那种，所以那几年你和你妈一直在打游击战。后来，你突然就不看了。因为，你在长大。

八九岁时，你回到长沙读书了，那时，你书读得总是很轻松，还能得第一名。突然，就迷上了哈利·波特。迷疯了。印象中，那个外国小男孩穿什么样的袜子，你都是晓得的。

之后没多久，又迷上了先起的韩寒，后起的郭敬明，疯狂地向我打听他们的地址和邮箱，我觉得不行，就给你讲卡夫卡。你一下子呆住了，傻傻地望着我，望着我。

没隔多久，走进你的闺房，这回轮到舅舅我，不仅是呆住了，还被震慑了，傻傻地望着你。除了那个手脚似乎都卡住了的卡夫卡，还有大脑袋马尔克斯，小脑壳村上春树，眯眯眼福克纳，阔耳朵波德莱尔。他们在你的书架上，同样傻傻地望着我。傻傻地，这个世界都傻傻的。

你的作文一直写得很好，这我是知道的，但想不到你还会写诗，你写了十一首，我真的吓了一跳，就像青天白日看到了鬼。不知道这个纯洁的小女孩心里到底在想什么。我把这些诗挂到网上。题为：一个十一岁女孩的十一首诗。当时诗歌论坛方兴未艾，诗歌的千军万马在无声的网络世界里喧嚣。有人说你的诗想象奇特，异军突起。一个小学生应有的常识和规矩，在你锋利的诗行中，削铁如泥。还记得你有一首诗就叫着《一个女人的坠落》：

一个女人，在狂野中，奔跑
发丝掠过深陷的眼眸，冰冷的唇

一个女人，在缠绵的夜里，呻吟
她在吮吸着所有的欲望，她的泪

一个女人，在陌生的被窝里，沉睡
发出匀称的呼吸，不想让人发觉

一个女人，在情人的镜子中，存活
抚摸着带血的情诗，连同她的世界

那个女人，在你的梦里，死去
她只是一个吻，一朵玫瑰

你后来就没写诗了。不写就不写了，舅舅心中那隐隐的担忧也就没了。舅舅担心的是，要是这样写下去，你会不会把你的同龄人都写没了，把语文分数写没了，把你舅舅写没了，把你自己也写没了，要是这样的话，那就真的很可怕。

不知怎么搞的，你又爱上了电影，中国的外国的，全是那种文艺片，听你妈说，你看《霸王别姬》时突然号啕大哭。后来，张国荣自杀了，你也很悲伤，作文悼念，新鲜的墨迹像泪水，将作文本上的一个一个的方格，一格一格地冲没了，成为没有堤坝的汪洋。

韩国佬儿金基德，还是你告诉我的，从此，我就迷上了他的电影，迷疯了。

再后来，种种迹象表明，你似乎变得更理智起来，读余秋雨，读那些地理、旅游、宗教和文化方面的书，甚至密切关注起报纸上的新闻来了。这方面的兴趣，也是我这个做舅舅所缺乏的。

你读高中，特别是读高二以后，好像真的是有压力了。就是到了你家里，你也只是出来打个招呼，随便笑一下，又进屋学习去了。在重点高中名列前茅就那么重要吗？要是这不重要的话，那又什么是重要的？一个一百岁的人的一百首诗重要吗？

因为没有机会，和你像以前那样，自由自在地对话了，所以，这两年，你舅舅我真的显得有些郁闷，有些沮丧。

不过，我知道，很快就会好起来的，你要是高考完了，一定会和我谈上七天七夜。谈文学，谈电影。只要不谈人生，什么都可以谈。

岁月的碎片，其实就是完整的光年。

一个自学成才的铁匠

也就两三年时间，环视四周，禁烟区越来越多，身边抽烟的人越来越少。请人抽烟不再是见面的礼节，不再是办事的通行证，也不再是友情的融合剂。如此一来，让我这个瘾君子不胜惶恐。而第一次见到黄明祥兄，一包黄芙嗖地呼啸而来，相当精准地落在我手中，就像和地下同志接上了头，顿觉心安不少。

第一次见到明祥兄，感觉像极了我儿时家乡的一个铁匠，当然只是五官像，皮肤不像。还有那突如其来的笑声，那干活时烟不离手的习惯，都像。

一个秋凉的晚上，将茶座包厢的窗户洞开，让冷风吹进来。我同明祥兄一根接一根地抽烟，一首接一首地读诗。同诗人见面就是这样，如果你不读他的诗，那就永远不会成为朋友、成为兄弟。

没想到读着读着，还真的就读到了他一首写铁匠的诗，从此我就在心里给他起了一个绰号：黄铁匠。

> "用手指挖过土刨过树皮的，会做锄头；
> 喜欢望月的，会做镰刀；偷过生产队的米，会做火钳；
> 有仇家的，会做斧子；冬天没有棉衣的，会做柴刀；

唠叨的，会做菜刀；心细的，会做锅铲……"

老铁匠自豪了大半生，说这些时，

还在暗暗使劲。

他对到过海边坐过船的人很是羡慕，

说要做一把铁锚。

　　他是如此描述那个自学成才的铁匠的：因为用手指挖过土刨过树皮，所以会做锄头；因为喜欢望月，所以会做镰刀；因为偷过生产队的米，所以会做火钳；因为有仇家，所以会做斧子……这种貌似不经意的句子，没有深刻的人生和人性体验是无论如何也写不出来的。二十世纪七十年代，明祥兄出生在农村，年纪轻轻的，就出来打拼，话说二十几岁，就做到了副处级，又话说没过两年，便遭人构陷，不得已投身商海，沉沉浮浮，几起几落，终于闯出一番天地，成了一名土豪。这样的人，应是浑身棱角的人，是鹤立鸡群的人，是翻手为云的人，是让你吃不了兜着走的人，但他还真不是，他是那么低调，那么率性。在我眼中，他就是那个自学成才的铁匠，因为没有见过大海，没有坐过海船，便梦想着做一把铁锚——一个典型乡下铁匠的中国梦。

　　明祥兄显然是见过大海，并坐过海船的人，但他的诗歌里，却总有一把一把的"铁锚"，让你怦然心动，并砸出你的泪水。而读多了他诸多精彩的诗篇，见多了他待人处世的方式，又觉得他不仅仅只是一个"铁匠"。

　　贾平凹先生有一篇文章，说他到秦岭去拜访一位在山洞里住了五年的隐者，那人坐在洞口一动不动，眼望着远方无序的群峰，问他是看落日吗？那人说不是，是在看河。平凹先生奇怪了，河是在沟底的啊。隐者回答，河就在峰头上流过。

　　于是又觉得明祥兄就是平凹先生笔下的那名隐者。在我们的生活中，高人无处不在。但高人并不一定就要傲视群雄，就要杀人不见血，就要稳操胜券。高人也许就是世界上最平凡的那种人，当他平凡到你感受不到他的平凡时，那他就成了一个高人。

在任何一个诗人群落里，都不乏慷慨激昂者、眼高于顶者、滔滔不绝者。那热闹的诗人聚会上，明祥兄却总是默默地坐在一角，不声不响，一根接一根地抽着烟，但他不会一直沉默下去，在大海退潮的时候，珍珠贝总会涌现。他会冷不防讲出一番出人意料的，充满睿智的、幽默的，甚至嘲讽的话，效果出来后，必定会语惊四座，之后他会一个人哈哈大笑，这种笑声很特别，独一无二。

这就是明祥兄，身上有诸多神秘的地方，包括他所从事的职业，什么房地产策划公司的掌舵人、美术策展人、"地产价值最大化"数学模型创建者、彩纳轩艺术会召集人、《十月》杂志艺术专栏主持人，还有达摩雕像收藏家，即使调集全身细胞，我也无法将这些头衔通过想象与经验联系起来。更有甚者，一直以为他是一个远离诗坛、默默写诗的人，但最近却听说，他在长沙与诗人余秀华对话，与北岛在北京见面，刚出的诗集在汪伦的桃花潭诗歌艺术节上获得大奖。看来，明祥兄还真是一个不按规则打铁的铁匠啊！

无论他打出怎样的锄头，怎样的镰刀，怎样的斧头，或者是别的什么不伦不类的神器，出于什么目的，能达到什么效果？且不去管他，在我眼中，他就是一个自学成才的乡下铁匠，一个诗人。仅此而已。

认识杨兰或者女巫玛仙

　　三年前，认识杨兰时，她刚三十出头，给人的印象是性感、成熟、热情。当时，多年不写诗的我，除了阅读外国诗歌的习惯没丢，除了与从前一起狂热地迷恋诗歌的几个朋友还有些联系，可以说是基本上远离了诗坛。但因为要在一家文学杂志上编诗，便想认识一些新的诗歌面孔，来丰富一下杂志版面，于是便上了本城的一个诗歌 QQ 群。当时这个诗歌群落正当形势，热闹非凡。看到几十个稀奇古怪的网名，颇有群英荟萃之感，一时喜不自禁。但没有多久，一瓢冷水便直灌头顶，凉及心窝——在那个群落里，我并没有看到一个让我眼前一亮的诗者。直到一个网名叫女巫玛仙的女子出现。

　　这个叫女巫玛仙的女子就是杨兰。她出生在贵州的大山中，曾经是一家军工厂里晃荡的野小孩。此时她已为人母，只写了不到二十首小诗，而且从诗艺上来说，还显得稚嫩。不过那些无处不透着灵气斑点的小诗，毕竟还是照亮了我的眼睛。

　　还记得第一次见到杨兰时的情景，我们在湘西部落吃饭，我的一个朋友 A 君请客。作为小学语文教师的杨兰身着艳装，一身粉黛，长发飘飘，姗姗来迟。

　　"对不起，下课晚了，请原谅，我自罚一杯。"杨兰说着，站起袅娜的身姿，透着贵州大山中集日月之精华酝酿而成的蓬勃野性，端起一杯啤酒，径直往樱桃小嘴里猛灌。在我看来，这个叫女巫玛仙的柔美女子，简直就是在暴殄天物。

还以为她酒量非凡，没想到，一瓶哈啤就让她玉影横斜，脚步蹒跚。从此以后，我们就成为酒友。随后的一次，A君开着车和我在楼下等她，电话中她说马上下来，但等了半个小时，直到我们心生烦躁，她才翩然而至。一袭碎花长裙，粉面如雪，双唇鲜红，胸前的小饰件迎风飘舞，叮当作响。至此才明白，她的姗姗来迟，其实并不是所谓下课晚了，而是在换衣服和打扮。下次再等，想起她是在为悦己者容，就暗生得意，不再烦躁。

是的，暴君都不会怪罪花费时间打扮的女人，何况我等凡夫俗子？我们再也没有道理来罚她的酒，而她的酒量，却在一次次豪爽的举杯中突飞猛进，有时大到简直令人吃惊的程度。那时的我，因为刚刚写完一个长篇，三易其稿，累怕了，苦怕了，便从放松到放浪形骸。而哥们儿A君，因为好酒的缘故，也与我形影不离。想起来，那段时间真是疯狂，经常是呼朋唤友，五六人甚至是十来人鬼混一气。喝酒喝酒喝酒。在包厢里喝，在大排档喝，在玩杀人游戏时喝。有时甚至从中午喝到下午，从晚上喝到凌晨。

在喝酒的时候，杨兰一开始往往是矜持的，温柔地作淑女状，但是只要两杯下肚，如有人向她挑战，抑或有谁一句话不对她的胃口，就会恶向胆边生，拿起酒作为武器，不管白的红的还是黄的，一律往樱桃小口猛灌。这时，本来就伶牙俐齿的她，加上酒精作祟，更是舌灿莲花。

如此一来，导致的结果往往是大醉。大醉之后的杨兰，简直就是一名真的勇士，敢于正视淋漓的鲜血。譬如一次，因为一言不合，她竟然从手袋中掏出一支昂贵的法国香水，朝A君身上猛喷，A君躲闪不及，搞得一身喷香，一个晚上不敢回家。

而杨兰则一个晚上窃笑不止。

直到后来，我才知道，那时的杨兰正面临着一场感情危机，是酒，让她得以解脱出来，快刀斩乱麻地结束了那段婚姻，并开始和我的哥们儿 B 君有了一段疯狂的情感之旅。而 B 君也深陷其中，不知魏晋。只有我们这些旁观者，除了羡慕之外，更多的则是担忧。果不其然，那段轰轰烈烈的爱情，因为这样或那样的原因，最终还是无疾而终。

哎呀，这位女巫，这位玛仙，天生就是一名敢爱敢恨的女子。奈何奈何！

而那段疯狂的日子，除了酒之外，当然还有诗。

我们一起谈诗，读诗，这时的杨兰往往双眸圆睁，静若处子，头顶仿佛笼罩着一道圣洁的光环。做梦都没有想到的是，大概半年的时间，她所拿出的诗作，竟然让我们所有的人眼前一亮。那些很有个性和深度的生命体验的诗句，竟是如此的滚烫，如此的真实。想起有一次她对我说的话："我想，诗歌之于我，它是生活的秘道，也是情感的出口。凭借它，既可以向内行走又能够向外延伸，都可能令我触摸甚至抵达想象不到的深处。"她那首很短的《琥珀》是这样的：

　　　　每一个深夜
　　　　到达那里
　　　　每一个清晨
　　　　悄悄离开

　　　　我的琥珀
　　　　是一座县城
　　　　它在松脂中央
　　　　越来越亮

　　我再一次惊异于她对诗的体悟，这一字一句，完全出自于她的自身和内心，有了这样的体悟，写不出好的、成熟的诗歌倒是一件难事了。

　　我为有杨兰这样的异性哥们儿而感到骄傲。想想，我们基本上已经有大半年没有那样疯狂地喝酒，鬼混地"杀"人了。在这大半年里，我们的生活都渐渐地步入正轨，趋于理性。这虽然不是坏事，但每当夜深人静之时，我想起那段日子，仍然是情之所系，心向往之。

　　随性急就完这篇小文，心想应该给杨兰打个电话了，是疯狂地喝一次酒，还是鬼混地"杀"一次人，就随她定吧。

南阳城里的二月河

　　那天我们抵达南阳时，已是中午。事先和二月河先生取得联系，说下午三点左右到他家拜访。之所以选择这个时间，是考虑到先生要午休。先找了一个地方吃饭，下午两点刚过，一行人便急不可待地驱车前往。在这个诸葛亮曾经隐居过的城市，没有向导，我们的车只能盲目地往前开，后来突然看到一条河横在前面，很宽，河水也很清，很白，远远地闪耀着光芒。同我们南方的河流没有二致，便有些意外，更有种亲切感。于是就凭感觉沿着这条河走，后来才知道这就是有名的白河。二十分钟过去，和二月河先生通了一个电话，他告诉我们具体的地址，想不到他就家住在附近，离白河不远。前面一个十字路口接着一丁字路口，不知往哪儿拐，当时还没有导航，便下车去问一个路人，想不到那个路人和我一样，也是个异乡人，我灵机一动，招停一台迎面而来的出租车，上了出租车，让他领着我们一行前往二先生家。

　　司机听说我们要去二月河的家，马上说他知道，咱们南阳的大名人啦。车转了两个弯就到了。听说我们是专门从湖南开车来拜访二月河的，司机硬是不要车钱，并要我代他——一个普通的南阳市民，向二月河先生致敬。一定一定，我欣然允诺。

　　二月河先生早在家门口等我们了，久不见我们的车，竟然打来电话询问。放下电话，在一个曲径通幽的小院前，看到一个慈祥、朴实、弥勒佛般的长者。当然就是二月河先生了。先生的家是一个单门独院。推开朱漆大门，走进去，仿佛走进了一个殷实的农家小院。院子里栽种着各种新鲜的蔬菜和花草，台阶上还有几样简单的农具，围墙上爬满了绿色的藤萝，几株高大的棕树，中间一个小水池里养着一只大乌龟，我们进来的时候，它的头上挂着一丝丝青苔，抬头张望，似乎是在欢迎我们的到来。

我姐夫进门就说，二月河老师，我们都是您忠实的读者，千里迢迢专程从南国的长沙赶到北国的南阳，前来拜访您，请您接受我们从湖南给您带来的香烟和鲜花。开公司的妹夫送上他专门从长沙带来的两条软包蓝芙蓉王烟，先生连说好烟好烟，欣然接受。随后，两位美女立马献上鲜花，是我的姐姐和妹妹。

先生一连声道谢，眼睛眯缝成一线天，乐呵呵地接过鲜花，抱在怀中。先生说，说到花，我想起一个故事。第二次世界大战时期，波兰被夷为平地，当时国联组织记者去考察，看到那么寒冷的冬天里，没有粮也没有柴，很多人都被饿死，记者们认为波兰民族一定不行了，被打垮了。但有一位美国记者不这样看，他认定波兰不会完，这个民族是有希望的。人们问他为什么这样认为。他说，在这样残酷的环境里，他看到了两位老人家的窗台上，精心地养护着一盆玫瑰花。

在我们沉浸在先生所讲的故事里时，先生的侄女过来给我们上茶，简单地寒暄过后，就有人迫不及待地问，先生怎么住在这样的地方？言下之意是，先生是上了财富排行榜的作家，应该住在高尚住宅的。感觉到他住的房子根本不是我们事先想象的那样。哪知提到房子，先生得意起来。说，你们的房子谁有我的好啊？你们仔细看看。我们就真的仔细看了看，不过我们并没有直接回答先生的提问。先生告诉我们，对他这幢房子的保护，上了南阳市委要办的十大事情之首，以后要成为二月河故居的，被列为市级重点文物保护单位。而我们的房子即使再好，产权也只有七十年。听了先生的介绍，在座的我们顿时肃然起敬。

我们从房子谈起，谈到文学，谈到他的成长经历，谈到历史观，还谈到他的书画，想不到二月河先生谈锋极健，简直是刀枪不入，水泼不进，我们的提问只能在他喘气的当口见缝插针了。

想不到，先生这个在人们眼中的史学专家，竟然没有上过大学，而且是小学留一级，初中留一级，高中再留一级。先生从小特立独行，率性而为，不受成规约束。既是天性使然，也与后天的环境有关。少时，因为父母工作十分忙碌，加之频繁调动，常常把他一个人留在家里，或是寄宿在亲友、同学家里，使他养成了调皮顽劣的性格。他从小就喜欢热闹，和小伙伴们打架、捉迷藏，还经常摸鱼、抓螃蟹，玩得十分痛快。学习成绩虽然不好，但对一些课外读物却十分痴迷。上初中时，他就凭着兴趣，津津有味地读完了《水浒传》《西游记》《三国演义》等中国古典文学名著，不少外国文学名著，如《汤姆·索亚历险记》《钢铁是怎样炼成的》等，他也都读过。在读高中时，他偶然读到了《红楼梦》，这部书对他来说更是情有独钟，影响深远。由于功课不好，又特别喜欢读些杂书，这在当时那个特定的环境下，自然是被视为大逆不道的。老师不喜欢这样的学生，生气时甚至称他是"饭桶""废物"，断言他长大之后一定是个无用之人。

1968 年，先生参军入伍，当的是被人们称为"逢山开路、遇河架桥"的工程兵。这是很艰苦、很危险，当然也很光荣的一个兵种。在当兵的岁月里，他开过山、放过炮、打过眼、挖过煤，什么苦活累活险活都干过。有一次点火引爆，差一点被窒息在坑道里，如不是他急中生智，把军用胶鞋顶在头上，顺着巷道快速逃跑，恐怕是小命不保。还有一次，在推运装石料的翻斗车时，由于极度疲劳，他从两层楼高的河堤上狠狠地摔到了河滩上，昏迷了过去。

　　在部队里的十年，先生利用业余时间，可谓博览群书，手不释卷，抓紧点滴时间，拼命看书学习。比如说，他头顶矿灯，躺在煤堆上，或者打着手电筒，躺在被窝里，孜孜不倦地阅读《史记》和《资治通鉴》。他还阅读了古今中外的大量文学名著，从《聊斋志异》到《第二次握手》，从奇门遁甲到诸子百家，从《红与黑》到《战争与和平》。

　　因为兴趣使然，年轻时先生就开始研究《红楼梦》，并写过一些论文，但开始并没有引起人们的重视，论文投出很久，都是泥牛入海无消息。后来，著名红学家冯其庸先生看到了，慧眼识珠，击节称赞，说他的论文"想象丰富，用笔细腻，是小说笔法""可以浮一大白"。冯先生决定在《红楼梦学刊》上刊登他的论文，并吸收他为全国红学会会员，还邀请他参加了 1982 年10 月在上海召开的中国红学会第二次全国《红楼梦》学术研讨会。就是在那次会议上，一些专家、学者由《红楼梦》谈到曹雪芹，由曹雪芹谈到他的祖父曹寅，又由曹寅谈到康熙皇帝。彼时，座中有人感叹，像康熙这样一位雄才大略的人物，居然至今还没有一部像样的作品写他，真是奇哉怪也。这时，一直默不作声的先生，突然开玩笑似的说："那我来写！"所有人都为之注目，但目光却很复杂。他们或许认为，这个面孔陌生，名不见经传的后生晚辈，是在妄言狂语，或一时兴起而已。

　　二月河是先生的笔名，是他正式出版《康熙大帝》第一卷时，才首次使用的。当时，他考虑到创作的是长篇历史小说，而自己的名字叫凌解放，一个历史，一个现代，两者有点不太协调，于是想取一个笔名。究竟用什么笔名呢？还得沿着"凌解放"这三个字的意思找思路。凌者，冰凌也；解放者，开春解冻也。冰凌融解，不正是人们看到的二月河的景象吗？

　　当初，先生的创作是非常艰苦的，没钱买空调，买电扇，他就在桌子下放个水桶，把两条腿放进去，这样既凉快，又防止蚊虫叮咬。冬天夜里写到凌晨两三点钟，实在瞌睡了，就用烟头烫自己的胳膊，驱赶疲劳，清醒大脑。

先生是个骨子里有幽默感的人。他说，当时的黄河文艺出版社，也就是后来的河南出版社，听《南阳日报》的编辑说，有人在写康熙大帝，就找上门来了。一个叫王汉章，一个叫顾仕鹏，两个人在他家里搞了两天，只有半天时间是看稿子。一天半的时间是面试，像考公务员那样严谨。不过他们主要是测验他的历史知识。顺治、康熙、乾隆……从穿衣吃饭、出行车马、皇祖关系、满汉矛盾到生活习俗、人情世故……全问到了。后来他问他们，问这些干啥，又不是考研究生，他们说我们得知道你能写不能写，我们知道你研究《红楼梦》，不知道你形象思维怎样。他问结果怎样？他们说你对答如流。

这是当然的了，落进我的饭碗里了。先生颇为得意地说。

先生最得意的就是自己的古文底子很好，不是单纯从课本上学，也不是只读《古文观止》，这些书对他也有益处，但他的古文功底，主要是从碑帖上，从古庙里读生古文读出来的。这在学术界称为"黑老虎"，所以他后来读明清笔记等，可以像读报纸一样读下来。

先生告诉我们，写小说时确实太苦了，写完《康熙大帝》第一卷时，因劳累过度得了"鬼剃头"。先生的女儿抚摸着他的头说："这一块像尼加拉瓜，这一块像苏门答腊，这一块像琉球群岛。"

先生还有三大嗜好：一是抽烟，二是喝酒，三是下围棋。先说喝酒。前些年，南阳的几位作家受请吃饭，席间有一位酒量颇大的局长要和作家们猜拳比喝酒。几位作家甘拜下风，唯有他一个人挺身而出："咋啦？小看人哩，来，我和你比试比试。"那叫阵者自然想露一手治服他。先同他猜拳，谁输谁喝，杀了几十个回合难分输赢。局长又提出干脆不猜拳了，一杯一杯对饮，来个直截了当，谁败谁狗熊。于是两人就用高脚杯，你一杯我一杯地较起劲来。一共对饮了三十多杯，先生还是面不改色、豪气不减，而那位局长终于服输了，"啊呀！还是'皇帝'厉害，我认输了！"

先生说，好汉不提当年勇，这都是前些年的事情了，近年来他患有糖尿病、脑栓塞，对于原来的三大嗜好，都有了不同程度的节制，特别是抽烟和喝酒。

先生因为生活太随便而闹出过很多笑话。他不讲穿戴，不修边幅，不拘小节，是远近都闻名的。有一次，先生应邀去一所高校讲学，学校领导中午请他吃饭，大概是饭菜比较对口味，他吃得多了一点，T恤衫的前襟沾了不少油渍，看着很不雅观。下午作报告前，先生只好灵机一动，把衣服前后换了一下。听报告的数千名大学生，竟然谁也没有看出来，还以为是大作家穿着赶时髦的新式服装。

还有一次，先生应邀去西安电视台作人物专访的节目，主持人和摄像看见他没穿袜子，好像有了一个重大发现，特意拍了一个特写镜头，并打出字幕，称他是"不穿袜子的大作家"。再一次，先生应邀去马来西亚讲学。这是他第一次坐飞机，第一次出国。考虑到国际影响，这一次他倒是穿上了袜子，但仍穿着布鞋，结果当地报纸又称他是"穿布鞋的大作家"。

先生以前有一个座右铭，叫作"拿起笔来老子天下第一，放下笔来夹着尾巴做人"。他曾经给自己制定了"三条守则"：一是守时，二是守信，三是一段时间只做一件事情。只有坚持一段时间只做一件事情，才能专心致志，全力以赴，获得成功。

除了深研历史，先生其实是一个特别关注现实的作家。他对现实的关注，主要体现在他近年来所创作的一系列散文中。有人想当然地把先生的散文称为历史散文，不错，在他的散文中的确有着许多的历史掌故、风物传说，但是，他不是就历史而写历史，而是以历史反观现实，有些作品则直接表现现实。与他的历史小说相比，他的散文更加贴近现实，也更加贴近生活。他的散文，大都针对现实中的各种社会、文化现象，有感而发，大到社会政治问题，小到底层日常生活，都在他所关注的范围之内。那些字里行间所跳动的，是先生那颗炽热的心。

先生几年前中过风，不过现在身体还不错，看不出什么病象，只是走路好像有点慢。他以前好烟酒，病后有所收敛。几个小时也没有看到他抽烟。只看到他的案几上有一个巨大的烟灰缸，里面有四支烟头，都只抽了八分之一就熄了火。显然是节制的结果。还看到桌面上四只烟盒，分别是芙蓉王、云烟、三五，还有一只是什么，不记得了。好像里面都是空的，不知是他自己抽完的，还是被客人抽掉的。我突然想起一句歇后语——瞎子的眼睛，只是一个摆设。不由得暗自一笑。

生活在南阳的先生，对自己的生活相当满意，他说南阳有很好的环境，有一个很好的作家群。他说走在南阳的大街上，经常有人招呼他，"二老师好""二先生好""二爷爷好"等，就连农贸市场卖肉的、卖菜的、修自行车的都争相招呼他，那种感觉是在其他地方找不到的，所以，他深深地热爱着这片土地。只要是没有外出的日子，他经常在风景优美的白河边，在南阳的大街小巷悠闲地散步。

几个小时的拜访，我们几乎都是在听先生侃侃而谈，时不时发出爽朗的笑声。先生的朴实、幽默和智慧，让人觉得特别亲切。先生坦言，因为身体的原因，他已不可能再去写长篇巨著了，他说太阳出来时的光芒是一种辉煌，太阳落山时也很美丽，他现在也有"五个一"，即每天一首诗，一幅字，一幅画，一篇短文章，走一小时路。

记得那天离开二月河先生的家时，外面铺满了夕阳，他把我们送出屋外，向我们这些从南国慕名而来的粉丝频频挥手。我透过车窗，看到披着一身夕阳的先生，心中竟然充满了一种莫名的感动。

第四辑
微暗的心火

散　步

　　我要告诉你，在乡间的小路上散步，也会有不安的时候。

　　四月初的一个黄昏，我沿着一条小路缓慢地走向田野的深处，思考着长久困扰我的一个问题。路面很窄，只有一肩宽。我不停地向前走着，思考着，不多时便听到背后沉重、急促的脚步。我不用回头，就知道后面来了一个挑着重担的农人。肩上的重量迫使他脚步加快。出于对劳动者的尊重和怜惜，我得给他让路，绝对不能对他艰辛的工作造成障碍。然而——小路的左侧是一条水沟，右侧是庄稼。这样一来，我无路可让，便只好朝前走去。背后传来的脚步沉重而又急迫，压迫着我，使我不得不放弃思考。这个乡间的小路，我烂熟于心，知道再走上三百多步，前面就有一个十字路口。

　　于是，我中止思考，夸大了两条腿的作用，将挑担的农人远远地抛在身后，很快就到了十字路口。我面临着选择，向前，向左，还是向右？我想了一下，继续向前走去。当时我认为这个农人不是向右，便是向左。因为左右这两个方向都通向村舍，而向前是一座山。

　　我又缓慢地向前走着，思考着，恢复到开始的状况。但是，麻烦又来了。背后传来沉重、急促的脚步，我仍然无路可让，而那个挑担的农人却几乎要踩到我的脚跟了。

我变得不安起来，甚至绝望。这个农人所给予我的感觉同我在生活中所受的威胁几乎同样。简直可以说，我是感到了一种隐隐而来的威胁了。

我不能再作思考，散步的心态更是烟消云散，我只能专心致志地对付身后的农人了，再没有精力来干一点别的什么。

就像一个无辜的犯人，处处受到控制。但又不得不用最大的努力来洗脱罪责。最后，终于又到了一个十字路口。然而——那个挑担的农人还落在后面。我不敢再妄作选择，就蹲在路口，等那个农人的到来。

直到我走在农人的后面，这才恢复了思考和散步。

我想成为一个特别的人

　　我从小就是个特别的孩子。这并不是炫耀，因为谁都知道，我不是一个神童。记得已经读小学二年级了，在写作业时，有些汉字的笔画我都还不能正确地掌握，比如一撇，我总是写成一横。

　　我的特别，除了种种低能之外，还体现在睡姿上。当时家中只有两张床，我的姐姐、妹妹，还有弟弟，像咸鱼一样直直地整齐地摆在一张木床上，而我却像虾米一样卷曲着身子。妈担心我长不高，在我睡熟时总是替我拉直和抚平身子，但就在她转身离去时，我又恢复了原样。直到如今，我早过不惑之年，睡姿仍然如一个虾球。曾有友人如此调侃我，说我这一辈子都不能脱离母体的羊水，即使活到一百岁，本质上仍然还是一个胎儿。

　　在某种意义上说，永远也长不大，这也是我的特别之处。

　　最特别的是，我还能看到鬼。

　　我出生在农村，那时农村的贫寒令现在的"80后"和"90后"无法想象。一个月难吃到一块肉，没吃过苹果，没穿过皮鞋，没看过电视，除了课本和红皮本的毛主席语录，没有一本课外读物。住的是土墙和茅草的矮房子。但是话又说回来，除了贫寒之外，那时我们小孩的快乐也是令现在的"80后"和"90后"

无法想象的。我们经常光着脚丫在泥泞的大地上奔跑，追逐，在小水塘中嬉戏，在牛背上唱歌，在菜园里偷甘蔗和黄瓜、豆角。爬上桑树的最高的一根枝条上摘桑葚，有一种飞翔的感觉，并把那紫艳紫艳的桑葚塞进嘴里，把两瓣小嘴唇染成紫色。

有一天黄昏，我和几个小孩在一座老房子的废墟上玩耍，我突然看到了一个穿着红衣服的女人，她微笑着朝我走来。我对一起玩耍的姐姐说，我看到了一个穿红衣服的女人。姐姐说她什么都没有看到，说我看到的是鬼。小伙伴们一个个作鸟兽散，姐姐连忙大惊失色地把我拉回家。那天我发烧了，一个劲地胡言乱语，一位巫师为我喊了一晚的魂，才得以退烧。

听村里的老人们说，只有体内有火炉子的人才能看到鬼。还说，在一万个人当中，才可能有一个体内有火炉子的人。

从此，我在小伙伴们的眼中成了一个特别的人，一个能看到鬼的人。后果是，几个胆小的玩伴根本不敢跟我外出玩耍了。

我曾经多次试图说服我的玩伴，那个穿红衣服的女鬼并不可怕，她长得很好看，还总是笑，不伤人，也不会害人，而我的玩伴反驳我，不管她长得如何好看，如何善良，但她毕竟是鬼。我的玩伴们开始疏远我，不管我怎么解释，他们还是害怕看到鬼。

于是有一段时间，我经常足不出户，一个人待在空荡荡的大床上。我曾经用手从头到脚捏遍我的整个身子，企图发现那个火炉子的所在，未果。如果我能找到体内的那个火炉子，我相信我会用刀子把它给剜出来，一扔了之，因为我并不想看到鬼。

在床上待久了，百无聊赖的我便呆呆地看着对面的土墙。这所房子是在我祖父手上建的，墙体斑驳，到处透着裂缝，长的线条、短的线条，弧线和圆圈相互交错，像蜘蛛网一样密集。我先是看到了一个老人的图像，满脸慈祥，下巴上长着像玉米缨子一样的胡须，我认定那是我的爷爷，一个我从来没有见过的亲人。之后，我看到了一条狗，一棵大树，几位美丽的少女，一条巨蟒，一朵乌云，一座岌岌可危的王宫，一个手执大刀的将军，几名匍匐前行的士兵。我还看到了一个在河边浣洗衣裳的妇女，一个仰望天空的小男孩。

我一边看着墙上的图案，一边开始编造我的第一个故事。从前有一个美丽的王国，老百姓们都过着幸福的生活，但有一天，一条巨蟒乘着一朵乌云来到人间，他一口吞噬掉了几名美丽的少女，并把那个长着胡须的老国王囚禁起来，巨蟒从此统治了这个美丽的王国，到处实施暴虐，老百姓们苦不堪言……

大概十年之后，我走上了写作之路，并一直坚持到了现在。因为在我的潜意识当中，我一直想成为一个特别的人，一个充满了隐秘和未知的作者，我要记述那些已经失去和被遗忘的故事，哪怕被人视之为低能。

跳起来

　　那一年，他丢掉了工作，热恋中的女友也因为家庭的反对而与他分手，他在这个城市里几乎没有一个亲人或者朋友了，房租已经到期，一天只敢煮半斤米饭，那个花了八个月时间写成的足有四十万字的长篇小说到处遭受行家的冷眼和出版社的拒绝，那时候的他可以说是，心内寒冷到冰，身上一无长物。于是，他想到了干脆一不做二不休，在这个世界上悄无声息地消失，他想到了卧轨，就像不久离世的海子那样。他把他的一大袋子手稿寄存在一个老乡那里之后，随手拿起一本书，这是他多年养成的一个习惯，走出了他的出租屋。他深一脚浅一脚地走了半个小时，终于来到湘江边上的铁路上，他很快选好了一个地方，横放四肢，整个身子静静地摆放在铁轨上。

　　那时他闭起眼睛，心如止水，他等呀等呀，等待火车那高亢的鸣笛声，为他奏响步入天堂的序曲！但是他似乎等了很久，火车还没有来。他于是睁开眼睛，或许是多年的习惯使然，他又拿起枕在头下的那本书。

　　这时，他才弄清楚这本书叫作《曼斯菲尔德书信日记选》，是他远在哈尔滨的异姓兄弟，这是个企图用他全部的生命来帮助他的一个人，为他买的。那一次他来到长沙，为他购买了很多书籍，这只是其中的一本。当时他热衷于卡夫卡、普鲁斯特和福克纳，可谓"学有专攻"。关于这个曼斯菲尔德，只隐隐知道徐志摩曾翻译过她的短篇小说。后来这本书一直夹放在他的众多藏书之中，只有在他找寻别的书籍时，偶尔碰触到它，才意识到有这么个叫曼斯菲尔德的人的存在。

如果是一次郊游，他要带上一本书，肯定不是这一本。只有在他身处绝境，失去选择的动机之后，这本书才有可能与他接缘，这就是命，生命他都可以任意放弃，他还在乎带什么书？

于是，为了打发火车到来碾轧他的身体之前的时间，他翻开了曼斯菲尔德的这本书，他漫不经心地翻着，当他得知这个疾病缠身的女人竟然同劳伦斯和伍尔夫都有过交往时，心中也起不了波澜了，他已经了无生趣，自然对这些名人逸事置若罔闻。但当他翻到第 48 页时，他的目光终于打住了，这是曼斯菲尔德在 1917 年 10 月 11 日给一位画家朋友的一封信，她这样如痴如醉地写道：

"当我描写鸭子时，我发誓，我也是一只白鸭子，长着圆眼睛，在泛着黄沫的池塘里浮游，偶尔向水下自身的倒影飞快地瞥一眼……实际上，变成鸭子的过程是那样令人激动，只消想一下，就令我几乎透不过气来。"

他开始认识到曼斯菲尔德作为一名作家的价值，她对写作的无比投入和对世上俗物的热爱深深地感染了他，这是一个多么了不起的女人啊，他开始静下心来读她的书。在她那个时代，有关战争的坏消息不断传来，她同丈夫默利的关系日益恶化，特别是在她三十岁以后，病情越来越严重，经常是昏昏然大脑一片空白，特别是那致命的咳嗽，几乎使她生不如死。在 1919 年 8 月给弗吉尼亚·伍尔夫的信中，曼斯菲尔德说她多么希望自己是一条鳄鱼，因为据一本书上说，鳄鱼是唯一不咳嗽的动物，这是个多幸福的卵生四足动物呀！而这个病女人曼斯菲尔德对死亡的恐惧使她身陷囹圄，并使她在无奈中接受这种铺天盖地的恐惧的力量。读到这里时，他以为她完了。但是——没有，她在 1919 年 11 月 13 日给友人的信中写道：

"你知道我现在的情况吗？昨天在楼上我的房间里，我突然想跳起来——我已经两年没有想跳起来的欲望了，——你知这是一种什么样的跳，是因欢乐而跳。我吓坏了，赶紧走到窗前扶住窗台，以免摔倒。然后，我走到屋子中央，真的跳了起来。这似乎是个奇迹，我忍不住想把这一消息告诉别人。当时周围没有人，于是，我走到镜子前——当我看到一张激动的面孔时，禁不住笑出声来。这种经历真是奇迹。"

他看到这里时，泪水一下子潸然而下。被疾病、被战乱，被不幸的生活几欲打倒的曼斯菲尔德正是被这种还能够跳起来的生的勇气和生的乐趣支撑着，她的生命才得以延续下去，她继续顽强地读书、写作，直到生命到了应该终止的时候，她才心安理得地步入天堂。

就在这个时候，火车的鸣笛声打断了他的遐想和思绪，火车呼啸而来，这是他盼望了好久的引领他步入天堂的鸣奏呀，总算是姗姗来迟了。但是，这个时候曼斯菲尔德的意志满满地占据了他的心灵，她的话语一声一声地敲打着他，让他充满了极强的入世的诱惑：他要跳起来！

他真的从铁轨上跳了起来，他跳到了一团草丛中，这时候火车呼啸而去，四周归于岑寂，一个人也没有，他听到了他的心跳，他这时候虽然找不到镜子，但他知道他此时正像曼斯菲尔德那样，有着一张激动的面孔。他还能够跳，而且是因欢乐而跳，这种欢乐就是对未来的生活充满自信和挑战！

就这样，他靠自己的奋斗，很快走出了艰难的岁月，开始有了工作，女朋友也失而复得，而且源源不断地发表了很多文章。

一声不吭

　　像往常一样，他们赶在天黑之前，把一切要做的事情都做完，之后，各自闷声不响地坐在门槛的两侧。门槛是桑木的。这时候，黑暗就像一块巨石，咕咚的一声滚落下来，两个老人完全沉浸在黑暗之中，谁也看不清他们的面容和表情。他们就这样坐着，一声不吭。老男人照样抽着他的旱烟，有时候往烟锅中加了烟丝之后，却找不到火柴，左右摸索着，无果。突然，只见老女人就胸有成竹地从自己的身上摸出一盒火柴，斜过身子替老伴点燃烟锅，尔后把那根火柴抛掷在无边的黑暗中，于是微暗的火咪的一下被淹没。之后，老女人还原身子，在桑木门槛上坐好，火柴盒仍然揣在她身上。老头则摇一下头，猛地叭嗒一口，烟锅顿时闪出一颗火星来。之后复又归于平静。偶尔蹿出来一条野狗，女人正两手伏在膝上，不知在想什么。这时，不知趣的野狗咬了一下她的衣襟，说时迟那时快，老男人猛地扫出一脚，把那只野狗赶进黑暗的深处。接着，一切又随着一声狗吠而归于沉寂。两个老人就一直这样相对而坐，仍然是一声不吭。直到生出了凉意，才相互搀扶一下站起来，一前一后，走进了里屋。睡觉去。

　　煤油灯升起来。煤油灯落下去。夜色如海。

弄拙成巧

让我们设想一下：一个巧于农事但为人木讷的老单身汉爱上了有三个小孩且寡居的二婶妈。他每天到二婶妈家中去，给二婶妈屋里的水缸挑水。挑水要在一里外的碧井。节水惯了，二婶妈家的水缸有时候用了一天，也没少多少，根本用不着他天天去挑。但他要是一天见不着二婶妈，就像落了魂似的。这个单身汉虽在做农事方面很细，但做人方面却很笨，除了挑水，他根本找不到任何理由到二婶妈家里去，他不会哄小孩，除了对他们傻笑之外。后来有一次他为了在二婶妈屋里待久一些，这时二婶妈家的三个小孩到野外玩去了。他想了一个绝妙的笨办法，他多挑了一担水，装着不在乎的样子往水缸里倒，这里水便冒了一地。这样一来，这个可怜的单身汉有事做了，他得想办法把一地的水扫掉，并把水弄干。这个做事能干的人用了两个小时终于把事情做完了。他正欲如释重负地出门去的时候，二婶妈一个趔趄倒入他的怀中。

不用语言表达的爱情如水缸里的水，总有不慎溢出的一天！这对真诚执着的人都是福音。

精卫填海

　　她同他谈情说爱的时候，对他说：你在屋后挖一个水塘吧，我喜欢屋后有一个水塘，可以养鱼，还可以洗澡。他没有听她的，以为她是开玩笑，凭一个人的力量挖一个水塘出来，谈何容易。后来她嫁了，嫁的是村上另外一个人。他怎么也想不明白她会弃他而去。后来想起她让他挖一个水塘的事情。从失恋的第七天开始，他便在屋后挖起了水塘，他起早贪黑，挖了八年，终于挖成了。水清亮可照见人影，多好的一个水塘啊，便有一些小孩时常到这个水塘边上来玩，结果有一天，一个五岁的小孩不慎掉入水塘中，差点淹死。这个小孩正是她的儿子，她闻讯赶来，看到儿子一脸惨白，气息奄奄。她像一头母狼一样扑上去，撕扯他。并大骂他是疯子，疯了才挖什么水塘，她根本不记得让他挖水塘的事了。你给我填上！她对他狂乱地吼道。他真的又用了八年时间把这个水塘填起来了。一村的人都以为他疯了，包括她。

阳光照小屋

　　十四年前，一个暮春的正午。半月阴雨后，大块的阳光乘虚而入。红砖青瓦的农家小屋，仿佛都被涂上了一层釉彩。那些阴冷、潮湿、发霉的事物，在一瞬间容光焕发。卧病在床大半年，处于回光返照的大伯，骤然间精神抖擞，颤巍巍从一张锈红的竹躺椅上站起。我们连忙搀扶他到一个简陋的书案前，手忙脚乱地磨墨、铺纸，让老人留下他最后的墨宝。

　　是墨宝，不是遗嘱。七十三岁的大伯，清贫一生，尴尬一生，没有什么可遗可嘱的。神色凝重的大伯，运笔悬于纸上，探寻的目光在每个亲人的脸上移动，仿佛在说，写什么呢？很显然，没有一张脸上能找到答案。大伯只得将目光缓缓地投向窗外，长出一口气，握笔的手腕宛如一尾冲出水面的鱼。众人屏住呼吸，仿佛听到了一串泼刺声。笔尖在一张粗宣上漾开无数涟漪。我心里一动，暗自揣度大伯会写什么样的诗句，一行字迹猛然出现了——阳光照小屋。

　　本以为大伯会写下诸如"人生寄一世，奄忽若飙尘"，抑或是"知君何事泪纵横，断肠声里忆平生"之类的诗句，大伯虽一生寒简、贫病，但口吟时常常喷珠喷玉，落笔时摘艳熏香，我怎么也没料到，在他生命的最后时刻，会是这么平易如常的五个字。那张粗宣上留下了大片空白，彼时，大伯已无力书写，不知那另外的一行字将是什么？我的目光久久地停留在那张粗宣上。

阳光。照。小屋。

我分明听到阳光扑打在小屋顶上的声音。一种碎金属的撞击声，细微、尖锐，在那间阴暗的小屋里，水流般涌过来，一点点将我淹没。一时无法呼吸。我不由得走出一扇窄门，将自己包裹在一团耀眼的阳光里，抬头望着小屋。

小屋顶上覆盖着鱼鳞状的燕子瓦，黑色的瓦片在阳光的照耀下发亮，放光，仿佛镀上了一条条金边，一棱棱地从屋脊倾斜至屋檐，在将堕未堕之处猛然收住。

低下头时，我才意识到眼眶里早已蓄满了泪水。

那天，一年没有回老家的我，启动回家的行程，目睹了大伯临死前的情景。

阳光从木窗照射进来，把小屋角落里每一张蒙尘的蛛网都涂成了金色。回光返照之后，大伯气息奄奄地蜷缩在那张竹躺椅上。三年前还密集的白发疏落了，枯萎的头颅像一絮冬天的芦花。大伯翻动沉重的眼皮，嘴唇嚅动半天，吐不出一个清晰的字眼。他不再说话，已然处于弥留之际。

一群饭蝇在飞，蝇翅在空气中发出轻微的震动，一浪接着一浪，直往人肌肤上扑。这种将饭碗、饭篮、饭锅、饭桌以及人的肌肤视作乐园的小生灵，乡下人称为饭蚊子。简直是一种昵称。人们对它的存在，往往熟视无睹。它不叮咬、吸血，因此与夜蚊子区别开来；它不追腥、逐臭，因此与绿头苍蝇区分开来。它身体轻盈，堪称黄金分割——没有夜蚊子讨厌的长脚梗，也没有绿头苍蝇蠢笨的大脑袋，更没有二者藏污纳垢的大肚囊。它们成群结队，赶走一只会来两只，赶走两只会来更多，像久别重逢的亲人一样扑向你，于是乡民们只好妥协，并与之和平共处。

据说大伯自年少起，就特别讨厌饭蝇，一把蒲扇从不离手，因此闹出很多笑话。家里人说他假干净，让饭蚊子嗅嗅，又不痛不脏；村里人则骂他是个假洋鬼子，照现在的话说是装×。而大伯不管是被骂还是被讥笑，一如既往。有好几次，我目睹过他奋力地用一把蒲扇驱赶饭蝇，上蹿下跳，奋不顾身，就像大战风车的唐·吉诃德，不禁觉得可笑。大伯曾为此跟我母亲做过解释，说是他受不了饭蝇嗅在皮肤上的那种轻痒，跟我说，则是他对饭蝇有一种心理性的厌恶。这两种解释我父亲都不认同，父亲说，一个乡下人的皮肤哪里有那么娇嫩，难道割稻子割草时不痒？什么是心理性厌恶？在乡下，连饭蚊子都厌恶的话，哪还活得下去！父亲的意思很明了，大伯是不甘心当一介农民，心气高，加上能写会画，总想着鹤立鸡群。

我拿起一把蒲扇给大伯驱赶饭蝇，大伯突然意识清醒，朝我艰难地摆摆手。一旁的父亲也示意我将蒲扇放下。彼时，饭蝇一涡一涡儿地停歇在大伯的眼眶、手指、脚背，或者肌肤上任意的一处。飞过又停歇，停歇又飞过，就像死神派来的兵勇，大伯已无力驱赶。在生命的最后关头，他终于向与之搏斗了一生的饭蝇妥协。而大伯的这种妥协，让我感到了隐隐的不安与忧伤。

大伯名叫易大昆，是我父亲的堂兄。照我父亲的说法，大伯年轻的时候，英俊潇洒，一表人才，七八岁时就能吟诗作对，被村里唯一的前清秀才严养浩老先生称为神童。大伯十八岁从长沙市第一师范毕业后从军，是程潜的部队，参军不到两年，糊里糊涂地随着大部队和平起义。解放后，糊里糊涂地退伍，又在连长伍培生的介绍下，稀里糊涂地进入了岳阳市粮食局工作。刚参加工作不久，便同该局一位副局长的女儿谈上了恋爱，并在当地的报纸上发表诗文，成为粮食局有名的才子。工作没几年，稀里糊涂地被打为历史反革命，忍痛与热恋情人分手。据说，那个城里女孩长得相当漂亮，而且还是一名才女，与她分手的那天，大伯差点在城陵矶投了长江。随后，大伯糊里糊涂地被送进长沙郊区的劳改农场劳改，刑满后，糊里糊涂地成了一名劳改农场的工人。二十七岁那年，在一名好心人的介绍下，稀里糊涂地和农场附近的一个农民女儿结了婚。我那相貌平平的伯母一口气生下两个儿子，当时大伯的工资很低，无力养活一家四口，想到自己的家乡是肥沃的洞庭湖平原，号称鱼米之乡，便挑着一担箩筐，挑着两个儿子，一家四口坐车搭船，加上步行，稀里糊涂地回到了原籍地——华容县潘家渡星光村，并稀里糊涂地当上了农民。

上面文字中频繁出现的"稀里糊涂"四个字出自大伯的原话。大伯骨子里聪颖、精干，这"稀里糊涂"的四个字显然不是他的行事风格，大伯用这四个字掩盖了他人生的很多细节，透出他内心深处的无奈与沧桑，同时也有不甘与抗争。

回到家乡不久，大伯便当上了村小的民办教师。他学识渊博，加上写得一手好字，画得一手好画，很快在家乡成为名人。但顺心的日子没过几年，大伯便被他的同事们以革命的名义赶出学校，回到所在的生产队务农。相对写字吟诗，农业生产显然不是他的强项。当了农民后，大伯经常被大队和生产队抽去写宣传标语，画宣传画。虽说时不时还要在大会小会上接受革命群众的批斗，但那仅仅只是一个形式，大伯从来没有被人唾过，打过。据说，有次刚从批斗台上下来，就直接被大队支书拉到队部的宣传墙前画大肥猪，写学大寨的诗歌。听父亲后来告诉我，大伯画了两头肥猪后，直接在宣传栏上用毛笔写诗，大伯只写了一个标题，就说写不下去了，没有灵感。急得蔡支书上蹿下跳，说是马上有公社的干部下来检查。大伯不会因为有公社干部检查就会来灵感。他说，李白斗酒诗百篇，只有喝酒才能来灵感。于是蔡支书立即下令几名大队干部去找酒，遍寻不得，蔡支书只好打起了家里半瓶高粱烧的主意。那半瓶酒是准备孝敬岳父大人的，蔡支书的老婆闻讯后追赶，被蔡支书一棍子打了回去。

那天大伯酒后所写的学大寨诗歌，果然被前来检查的公社干部盛赞，后来还被收录在了公社油印的战报里，署名是星光大队革命群众。大伯的诗为蔡支书长了脸，为此给大伯记了五十分工，是他五天的劳动所得，照现在的说法，算是稿酬。

伯母认不了几个字，但心灵手巧，任劳任怨。她不知从哪儿来那么大的勇气，在那样艰难的困境中，一口气给大伯生下了五儿二女。那时国家还不提倡避孕和节育，妻子蝗虫一样的繁衍，令大伯大伤脑筋。他本来打算只要两个孩子，计划用心培养，即使读不了大学，招不了工，也至少要能写会算，做一个知书达礼的农民，一个清白的人。

生了老四后，大伯开始心灰意冷。饥饿时时威胁着这个六口之家，米缸里时常就空了。有天深夜，伯妈睡觉时感到奶头被一张张嘴死命吮吸，过度的劳累使她沉沉睡去，无暇他顾，直到被怀中小儿给闹醒。伯妈给小儿喂奶时，这才发现两个乳房都已空了。伯妈百思不得其解，最后才发现是被老二和老三偷吃了。将两儿一顿毒打，然后抱着他们号啕大哭。大伯心寒如冰。从此害怕回家，并厌恶和伯妈一起睡觉。经常一个人在村里村外游荡，站在田野上发呆。当他有欲望时，就去找他认为安全的女人，大伯的风流名声就此传播开来。

一个初夏的黄昏，大伯出去散步。成熟的稻子吐出粮食纯粹的香气，庄稼深处的水流声给人愉悦的挑逗，传送着一种荷尔蒙的气息。

女人的身影就像远景中一架模糊的秋千在晃荡。大伯开始以为是一个在水边割草的女人。她沿着水边一路寻找。走近后她告诉大伯，前天在一条水沟洗手时，不慎把一只银戒指掉了。大伯笑着说那你还找什么，只怕是已经流到洞庭湖里去了。女人于是捏了捏他的脸，把他引到一间林木掩映的机房。大伯走进那间废弃不用的机房，发现里面清洁整齐，地上垫了一层开着紫花的水草。他和女人倒了下去。两人脱下的衣服，让赤身裸体的女人一丝不苟地折叠整齐。

　　一阵剧烈的动作。一个挎着书包的小男孩冲了过来，他慌乱地褪下裤子，把一个黑不溜秋的小屁股撅向紧紧地偎依着的大伯和女人，嗤的一声滗出一泼稀屎来。女人破口大骂，小男孩转过脸时，发现两个光屁股的大人，大哭着落荒而逃。小男孩是大伯的三儿子。

　　大伯怀着一种颓丧的心情回到家里时，发现老三被他妈打得鼻青脸肿。心里似乎明白了什么，不过什么也没说。那天晚上，伯妈依然给大伯打来洗脚水，脚心刚没入水中，大伯哎呀一声大叫，将盛着热水的脚盆当的一声踢翻，怪伯妈想烫死他。听大堂哥跑来我家跟我父母说过这事，说伯妈当时面无表情，没有痛苦，也没有愤怒，默默地换了一盆温水放在了大伯脚下。

　　大伯的这段荒唐情事，很快在村里不胫而走，成为一个绘声绘色的段子，在茶余饭后、田头地角疯传。其始作俑者并不是伯妈，而是出自那个与他偷情的女人。大伯很快知道，那个女人原来是个花癫，是从邻村跑过来的，女疯子深深地刺激到了大伯。从此，大伯再也没有别的女人了。再面对野女人的挑逗时，大伯变得无动于衷。

　　有那么几年，大伯整天无所事事。有时在屋前屋后转圈，他孤独的脚步声，像从茅屋顶上漏下的雨滴，一滴一滴，冷冷地敲打在家人的心坎。有时在庭院里呆坐老半天，一声不响地喝着茶。也许是一只鸟在空中划出的轨迹，让他触景生情，联想起书法中那长长的一撇，画中的一个意境，或者是粉笔在黑板上画出的某个符号，大伯会突然将手中的搪瓷缸子狠狠地摔在地上，捂面痛哭。过后，大儿子或者二儿子会默默地走过来，弯腰拾起，用腕力将摔瘪的搪瓷缸子一点点扳正，重新用廉价的老母叶泡上一杯浓茶，递给父亲，准确地说，是放在他的脚边。

　　在生活最困难的那几年，妻儿们把自己的粮食腾出来让大伯填饱肚皮，面对饥肠辘辘的亲人们，大伯总是视而不见。他根本没有体会过饥饿对一个人的摧残和扭曲。一次当他吃饱喝足后，情不自禁唱起京剧《空城记》，二儿子竟然紧紧地攥着拳头，铁青脸盯着他，恨不得一拳将他击碎。大伯没有一丝惊慌，反而认为这个儿子的性子有些像他，从而感到一丝欣慰。

大伯不仅每餐要吃饱饭，晚上还要喝一点儿酒。为此，儿子们钻山打洞到处找废品，去收购站换一点可怜的酒钱。

大伯在家里简直就是一个暴君。一切以自我为中心，唯我独尊，为所欲为，妻子和儿女们都不得违背他的意志。在他的眼里，妻子目不识丁不说，几个儿女都是"朽木不可雕也"，不学无术，没有一个读书种子。老大老二初中都没有毕业，老三老四算是毕了业，却也没有考上高中。他们书读不进去也就罢了，几个字还写得像鸡爪子爬的，歪歪扭扭，神仙都不认得。这是写得一手好字的大伯所不能容忍的，一点也不像是他生的。小六伢是个女儿，小时候看起来聪明伶俐，大伯打算重点培养，在一个大雪纷飞的日子，大伯讲述《世说新语》中谢道韫的故事激励小六伢，说那漫天飞舞的大雪像什么啊，是像盐呢，还是像柳絮呢？是不是柳絮比盐更形象呢？哪知小六伢怎么也不开窍，说像白糖，气得大伯对着小六伢的脑袋就是两暴栗，打得小六伢哇哇大哭。

大伯想不到自己会生下这么一堆蠢货，这是大伯在这个家庭成为暴君最基本的原因。另外还有一个原因，就是来自伯妈，她不仅自己心甘情愿地受大伯奴役，还助纣为虐，迫使一帮儿女跟着她一起当奴隶。记得有一段时间，晚餐上的酒断顿了，大伯忍不住暴怒起来，气壮山河地将两条木凳踢翻。大伯仍然保持着最后的理智，没有拿饭桌出气。要是将一家人吃饭的家伙，饭碗菜碗给打了，那日子就真的没法往下过了。伯妈哀求几个儿子赶快想办法弄点酒来。生来胆大的老二，便去公社卫生院偷来一点医用酒精，兑上水给大伯当酒喝。老二第三次偷酒精时被卫生院的医生给逮住，被人狠狠地揍了一顿。大伯知情后，这才猛然醒悟，原来他喝的酒都是酒精兑的，是假酒。他不仅没有任何悔意，竟还勃然大怒，怪老二那个小畜生想要毒死他，抄起一根木棍劈头盖脸地朝老二打了过去。

这次伯妈终于受不了了，来我家哭诉大伯的残暴与无情，我爸没有安慰她，反而没好气地顶她，说她是活该，要不是她对大伯那么百依百顺，怎么会导致如今这样的恶果。

大伯平反之后，又重上三尺讲台，当起了村小民办教师。这下我们都为他松了一口气，没想到两年过去，大伯就一怒之下辞了职。原因是有同事状告他骚扰某位新来的年轻女教师，而大伯认为是诬告，更是对他人格的污辱，大闹校园，校长考虑到大伯曾有前科，可能还有别的什么隐性原因，不为其正名。大伯回家后，又处于无所事事的状态，家中劳力多，且强壮，几个儿子害怕他瞎指挥，帮倒忙，责任田根本不用他插手。他也乐得做神仙。

置身在田野中，各式各色欣欣向荣的野花并没有使大伯感到过愉悦、欣慰，他在屋前屋后移栽了松竹梅，在植物的世界中，大伯只对这三样作情感上的勾连。观松以养精，抚竹以蕴气，品梅以蓄神。随着漫漫的岁月一天一天地往后拖，大伯不再有任何梦想，他那久经绷紧的心弦，随着无边的绝望松弛下来。为了适应新的生活，大伯不得不调整自己，他不再以所谓的名士做派自居，也很少发牢骚和脾气，一心专攻书法，兼顾绘画和写诗。

如果不是热爱文学，我是不愿意接触孤傲的大伯的。受了他几次训示后，大伯开始对我有了些青睐。每当我的诗文中有他感到满意的地方，他会微笑着拍拍我的肩膀，予以鼓励。大伯对我讲授严肃的人生课题，他神往一种高拔独立的人格，特别憎恨日常与俗世。如果在我的习作中看出了蛛丝马迹，他便眉头紧锁，一副恨铁不成钢的样子。不过我并不会因此而改变，我坚持自己对文学的看法。但后来，他终于变了，大伯思想上的大转弯令我迷惑不解，他开始变得亲切，变得庸常。后来我知道，他的这一转变，取决于初冬那个有皎洁月轮的晚上。

那天晚上，大概是浪漫的天性所驱使，喝得微醺的大伯，竟然模仿起王子猷雪夜访戴，来到了家后面的华容河。河滩上有一只来历不明的小木船。大伯把小船推进河里，用船上的一根木杆，驾着小船驶向河心。哪料到小船里不断地渗进河水，一阵慌乱，大伯连同船翻进河里。大伯不会游泳，幸亏他急中生智，牢牢抓住了翻在水中的船背。伯妈出来寻找大伯，在月光下目睹了这一情景，马上唤来了自己的子女。几个儿子二话没说，脱光衣服，跳进冰冷的水中。在河心找到大伯时，他冻得口齿不清。儿子们二话没说拖起大伯向岸上游去，但他们很难拖动大伯，水性特别好的两个儿子又二话没说，双双扎入水底，顶着大伯向岸边游去。游到岸上时，两个儿子被冻得晕了过去。第二天在医院里醒来时，一向性情温和，寡语少言的三儿子，对身边的大伯勃然大吼："当时我真想把你按进水中，让你淹死！"相反平日里性情暴躁的二儿子，一声没吭。

大伯伸开双臂平生第一次拥抱起自己的儿子，流着泪说了声对不起，这声迟来的对不起，反而让几个儿子不知所措起来。

从这年开始，大伯给左邻右舍写起了那种充满了烟火气和喜庆味的春联，人们发现大伯写的春联不仅字好看，还特别符合主人家特点，名气就渐渐地传了开去。村里的干部和一些富裕的人家都拿着礼物来请大伯写春联，继而发展到村里，谁家有红白喜事，也请大伯操刀。大伯开始变得随和，没有像以前那样不好打交道了。那些粗鄙乡民的赞赏也时常让他面露得意之色。有天，村里的余支书来大伯家喝酒，对大伯说，易老师，您的字都能好得卖钱了，县城里有几个卖春联的，我看没有一个写得比您好。

余支书的言下之意谁都明白，但大伯没有接他的话茬，只是说喝酒喝酒，提那个干什么。一脸的孤傲之气，复又呈现在大伯的脸上。大伯骨子里还是有那种视钱财如粪土的名士气，不过没多久发生的一件事，彻底改变了大伯的态度。

朝村子北边的方向有一个浩渺的大湖。冬闲时，村民们纷纷地涌向那里，踩藕兼戽鱼，挣些小钱贴补家用。一个大雪茫茫的日子，大伯家的老四清晨出去，傍晚还没有回家。当时，我正在大伯家里烤火，听他讲解阮籍的诗歌。大伯渐渐地变得焦虑不安。眼睛时不时地转向窗外，天色的变化刺激着大伯敏感的神经。这是我第一次看到大伯魂不守舍。当时天色已晚，哪知大伯披上大衣，提了一盏马灯，朝着大湖的方向奔去。约莫到了晚上十点，大伯和老四，趔趄地推着两单车篓子的藕和鱼回了家。大伯把自己的大衣披在了老四的身上。伯妈和儿女们含着眼泪拨大炭火，为冻得瑟瑟发抖的大伯烤热身子。

那个冬天，老四天天去大湖踩藕和戽鱼，是为三哥的婚事筹备彩礼钱。老大和老二相继结婚，早就将家里熬得弹尽粮绝，甚至还有负债。除了老三在未婚妻家帮忙干活，老大老二和老五，都在附近的窑厂干苦力，最小的两个女儿也接了绣花的活儿在家里做女红。只有大伯是个闲人。这个高傲的闲人终于放下了所有的架子，在春节的前十天去了十多里外的县城，摆摊子给人写春联。

开始卖春联的那一年，大伯有一种做贼的感觉。他选择一个极为偏僻的地方摆了个摊子，收效并不大。那年大伯最大的收获，是认识了县文化馆的袁馆长，袁馆长慕名而来，大伯当场为他写了两幅书法，袁馆长是个爽直人，说大伯这字，在整个县里不排第一也要排第二。没多久，就将这两幅书法在他主编的《华容文艺》上刊登出来。袁馆长并不嫌弃大伯是个农民，两个人成了朋友。袁馆长得知大伯能诗擅文、五十年代就在报刊发表过作品后，更是惊喜，当时他正负责编辑一本县里的民间故事，便请大伯为主要的编撰者。几年之后，经过袁馆长的鼓吹和推介，大伯在县里的书法界有了名声。一些企业和商铺请大伯写招牌，润笔费虽然和市场上的名书法家不能相比，甚至可以说是微乎甚微，但作为一个农民和曾经的民办小学教师来说，却是一笔不菲的收入。而这些钱，大伯基本上都用在儿子们的婚事、房屋建设以及孙辈的学费、零用钱上了。大伯的儿子们都没有读什么书，加上老实本分，结婚又早，农村打工潮到来时，都没有外出打工。为了让儿子们，特别是孙辈们活得体面一点，在晚年，大伯可以说竭尽了全力。

从六十岁开始，大伯在家里不再是令家人害怕的暴君，一举成为他们仰戴和依赖的尊者。

在我的眼里，大伯除了一如既往地驱赶饭蝇，和写一些基本上不示人的摘艳熏香的旧体诗，身上已然看不到任何名士做派，但他的书法艺术却越来越精进，县市报纸和电视台都曾将他当作新闻人物。不仅如此，大伯甚至还当了一届县政协委员。

成了名后的大伯，有些事情，现在想起来，都令我不可理解。一件是，他竟然为了区区五千块钱，当然，这在当时的农村也不是一笔小数，跪在一具冰棺前，为一个土豪自杀的老婆写了一副挽联，而据说这个女人的自杀，与土豪找了一个年轻貌美的小三有关。

还有一件，是大伯的迷信。

那年春天，大伯的一个孙儿得了一场重病，在几家医院里辗转不愈。家人为之焦急、沮丧。而尤为剧烈的是大伯。大伯到处奔走，寻访名医。医治一时不见效果，便求助于迷信。我亲眼目睹，大伯在一张白纸上写满了流畅的小楷，用火点燃纸条，嘴里念念有词，而后把火纸抛入水中。照一个巫婆的神示，这样就可以治愈孙儿的病了。大伯之虔诚专注令我忍俊不禁。后来，大伯又屁颠屁颠地，从远方请来一班道士，上座斟茶，好像供奉列祖列宗。

大伯对儿子老五始终充满了负罪感。老五出生不久，发高烧，当时大伯根本不管，不知是进不起医院，还是别的什么原因，没有得到及时的医治，老五落下了贻害终生的后遗症，成了一个众人眼中的傻子。

老五没有什么爱好，但喜欢喝点小酒，于是大伯总和他对饮。我的脑海里至今还存留着清晰的一幕：在大雪纷飞的冬日，大伯和老五坐在温暖的炭火前喝酒，并反复朗诵白居易那首通俗易懂的小诗："绿蚁新醅酒，红泥小火炉。晚来天欲雪，能饮一杯无?"在大伯极具魅力的男中音里，我看到老五平时黯淡的目光，像冬天的阳光一样明亮。

来了亲朋戚友，甚至是城里慕名而来的客人，大伯都会拉上老五陪酒，并暗示人们向老五敬酒。大伯的用意很明显，帮助老五提高生活的信心。老五并不纯属白痴，只是智商不高，行动没常人灵巧罢了。老五有自己的内心世界。他做起事来一套一套的，伺候庄稼、料理家里和个人卫生，都不比一个正常人差。

老五渐渐有了生气，讲起话来也清楚多了。有些人对老五不屑一顾，或者拿来取笑，大伯就会大发雷霆。

大伯以为自己完全进入了老五的内心，成了他的朋友。我则不以为然，事实上我是对的。老五在三十二岁那年服毒自杀了。

在老五生命的最后一个秋天，我才觉得有些了解了他。农闲时，老五每天起得很早，在屋前屋后，清扫着每一片落叶。屋子四周树木四合，落叶是扫不尽的。我看着老五那执着专注的身影，感到了他的孤独太强大了，我有了一个不祥的预感，说不定哪一天，老五会葬身在自己的孤独里。

每天，老五起床之后，总是将被子平平展展地铺开，而不折叠，好像有什么见不得人似的，如果有谁帮他折叠的话，他马上暴跳如雷。当大伯兴致勃勃地把这件事告诉我，以示他的宝贝儿子富有个性时，我忧心忡忡。老五需要一个女人，我不好在大伯面前说得更加明白，大伯似乎也永远不会理解。

一次，老五的几个嫂子半开玩笑半认真地，当着大伯和老五的面说，给老五成一个家吧。对象是村东的一个肮脏疯气的女人，好吃懒做，惹是生非出了名。大伯在一旁马上否决了，他怕那个女人让老五吃苦。

大伯不知道老五为何突然对他生分起来，时常故意躲避大伯。大伯感到困惑，直到老五自杀，才让他恍然明白了一个简单的道理。

老五的死给大伯的打击太大了。在他死后的第五天，大伯亲自请来了当地几个有名的纸匠，为老五制作灵屋。在灵屋制作的过程当中，大伯变得异常地挑剔和谨严。要不是出价高，几名纸匠肯定会被大伯气走。经过两天两夜的赶制，一幢巨大的灵屋，终于赶制完工。灵屋有三层，电视、电话、冰箱、彩灯、花园等，现代化的设施应有尽有。还有各种楹联，贴在门柱上，堂屋、卧房、侧室、厨房与家畜栏上，都出自大伯的手笔。在我看来，这是大伯一生中最好的书法作品。

特别值得一提的是，那个扶栏而立的女主人，显得那样栩栩如生和含情脉脉，大伯终于为身在阴间的老五娶了一个女人。

那幢巨大的灵屋将在老五的头七焚烧，当时我想，真是可惜了这样的一件艺术珍品。

还记得大伯去世的当天，满面倦容的袁老馆长和一帮文艺界的朋友闻讯赶来。袁老馆长看到大伯临终前的书法作品，那五个字——阳光照小屋，沉思良久，在那张粗宣上，悬腕运笔，一气呵成地写下另外相对应的五个字——风雨任平生。当时我念头一闪，大伯在临终时，因无力没能写下的那行字，是不是就是这五个字？两种不同风格的字体，交相辉映，殊途同归，透射出对人生的深深洞察与体悟，一种心照不宣的默契。

　　当时，阳光极为灿烂，红砖青瓦的小屋，仿佛被太阳强烈的光线提升起来，小屋内的每个角落，都堆满了银锭似的，闪闪发光。

　　那些嗡嗡乱飞的饭蝇，也仿佛成了一个个小小的发光体。

第五辑

阅读：被动与选择

八卦是一幅画

　　烈日炎炎似火烧。在营盘街的口子上巧遇初中同学蔡文。二十年不见，有关他的传说却时不时震碎我的耳膜。先是说他傍了一个富婆，起了容城第一栋豪华别墅。五年之后又传说他弃妇从商，项目大得简直欲与天公试比高。再之后东窗事发，逃之夭夭。我所见到的蔡文，并不是想象中的样子，一不大腹便便，二不财气逼人，三不神气活现，四不落魄逃亡。身修肤白，形影若风，比实际年龄要小那么七八岁，一个很普通的江南小镇青年，如此而已。

　　请他在清风茶楼品茗，口中说的是怀旧之念，心里想的是他的传奇经历。无奈的是，在万般诱导之下，他对自己的历史总是守口如瓶。问他这些年是怎么过来的？他就只有淡得出鸟来的一个字——混。唉，真的是拿他没有办法。晚上请他喝啤酒，心想酒是废话篓，不信你不往里倒。果不其然，他的话就多了起来。他说以前的事就不提了吧，现在活得倒是蛮不想事的。

　　蔡文现在从事的职业是给那些大商贾大明星算命看相打卦。但他并不是那种正规的相师。他是无师自通的那种。他跟随着那些大商贾和大明星，像他们的军师，或者是秘书。建议他们哪一天应该出门远行，哪一天可掷巨金送礼；哪个时辰签订合同，哪个时辰贷款；什么时候和情人约会，什么时候和竞争对手过招。以及在家烧什么香，在外拜什么佛。诸如此类。世上的事当然是无奇不有，但打死我也不相信，还有这样的活法，而且还活得挺滋润。照蔡文的说法是，吃另外一种软饭。看到我迷惑的目光，蔡文也不加解释，只是嘴中念念有词。他背的是一篇古文，没多久，我就知道他背的是《周易》。

蔡文一口气把《周易》背了下来，尽管我当时对易经几乎是一无所知，但我从他的神态中得知，他肯定没有背错一个地方，他说他坐了三年牢，什么事也不想，就背熟了一部易经。长夜漫漫，那个时候只不过是找一个事情做而已，没想到的是，他竟然被这部艰涩难懂的书改变了一生。我相信蔡文的话，其实，当他背到最后的一句，"君子道长，小人道忧也"的时候，我就相信了他，连《易经》都一字不漏地背出来了，还有什么活法是他做不到的。

简单地说，《易经》讲的是八卦。我们经常看到的八卦，是一种圣物，用来避邪和预言吉凶。是算命先生手中最原始的法宝。据说八卦的前身是蓍草。用蓍草占筮的方法如今已经没有权威版本了。譬如有一种方法是，取49根蓍草茎，先分成两堆，再分成四小堆，以数目的奇偶来断定吉凶，我们现在还嫌弃奇数，喜欢偶数，以为凡事都有定数，等等，肯定都是受了数字巫术的影响。八卦也是数字的巫术。最基本的数字就是一、二、三。整画——是一，是奇数，代表天；断画——是二，是偶数，代表地；三画叠而成卦。有天地不能没有万物，正和有男女就有子息一样，所以三画才能成一卦。这样就排出了八个卦：乾、兑、离、震、艮、坎、巽、坤。分别代表天地雷风水火山泽，同时也代表父母兄弟姊妹之类。于是八卦便象征着整个大自然，整个人世间。六十四卦的组合道尽人世间的一切荣与辱，胜与败，吉与凶，如此等等，也就没有什么奇怪的了。

　　据说，伏羲神农黄帝尧舜等一班圣人是看到这六十四个卦象，才悟出种种道理，制造了改变这个世界的东西，比如农具，文字甚至是社会制度之类。

　　想想，要是没有八卦，我们这个世界真的不知成什么样子。那么，是谁发明了它？是那些圣人吗？不是，因为，伟大的事物靠任何个人的力量都是发明不了的。

　　于是有一个美丽的传说。说是有一天，伏羲在黄河边散步，突然看到从黄河的波涛中冲出一匹龙马，它的背上驮着一幅画，那就是八卦。伏羲于是连忙把它描绘下来，如此而已。

驼背的人

　　不知为什么，孔子在我的印象中，一直是一个身材魁梧的驼背。他平易近人，他暴跳如雷。他勇敢正直，他胆小如鼠。他洞若观火，他黑白不分。他道貌岸然，他多情好色。他既是一个坦坦荡荡的君子，又是一个于心常戚戚的小人。或许是因为有了这些矛盾，他才是一个最具魅力的中国古典男人。是他，用伟大的汉语，讲出了中国最有煽动性的语言。

　　俗话说，时代造就人。孔夫子的时代是春秋末年，封建制度开始走下坡路，贵族的统治权摇摇欲坠。到了战国，农奴解放，商人崛起，旧的制度在瓦解，新的制度又没成形，于是周围弥漫着浓郁的自由的空气。原先那些被贵族养起来的文化人，在贵族们失势之后，他们也同时失去支撑，流落到了民间。由于身无长技，他们只好开门授徒，当起了老师。孔子就是其中最为杰出的一个教书匠。

　　孔子名丘，外号老二。老二家原是宋国的贵族，贫寒失势，流落到了鲁国。因为很会读书，也懂得礼仪，于是成了一个著名的老师。也许是因为穷怕了，他竟然什么学生都敢收，就像现在的某些私立学校，只要交得起钱就行。收来的学生，他一律教他们读《诗》《书》等名贵的古籍，并教他们礼乐等功课，也不怕他们不懂，所以他所教的学生，两极分化相当严重，要么是红漆马桶，要么就是社会精英。孔子的意义在于，他将学术平民化了。一些贫寒人家的子弟，如果天赋高的话，他也可享受到高等的教育。

孔子当然是一个博学多才的人，他的讲学是多方面的，目的在于培养人，培养成为国家服务的人，特别是政治家和机会主义者。他不培养学者。他教学生读各种书、学各种功课之外，更加注重学生自身的品德修养，他教他们为人要有真性情，要有同情心，一面做一个正直的人，一面还要遵守社会规范。凡事只问该不该做，不必问有用没用，做人要重义轻利，具备这种素质的人才能搞政治。君没君道，臣没臣道，父没父道，子没子道，名实不符，社会大乱也。只有君君，臣臣，父父，子子，名正言顺，社会才会向前发展。善哉斯言。

孔子这人还有一个优点，就是为人聪明大气，这一点，后世无人能及。比方说，他创造了一个流派，叫儒，儒就是为人之所需，几乎囊括一切，而不像现在的那些流派，什么非非他们下半身，要多别扭有多别扭，要多小气有多小气。

骚得如此美丽

屈原是我国历史里永被纪念着的一个人。旧历五月五日端午节，相传便是他的忌日。这是中国的传统节日中唯一一个专门为了纪念一个人而设立的节日。屈原是投水而死的，这个节日便有了两个千古不变的仪式。一个是龙舟竞渡，据说是为了救他；一个是包粽子，据说是为了投到水中让鱼吃，而避免吃他的尸体。现在又把五月五日定为诗人节，是为了让全国的诗人享有诗歌这个职业给他们带来的盛誉，尽管早已经是名不副实。

在某种意义上说，诗人是一种悲剧。而且对于屈原来说，他不仅仅是一个诗人，不幸的是，他还是一个忠臣，一个失败的政治家，直到死，他对他的君王仍然怀着一种缠绵悱恻的情感。在污浊的当世，他还是唯一一个能够做到清洁其精神的人。"举世皆浊我独清，众人皆醉我独醒。"就是他的自我写照。他的身世是一出悲剧，可是他的精神特质永远在我们的热血中流动。原是他的号，平是他的名字，普通得不能再普通了，就像你我他一样。他是楚国的贵族，做过怀王的秘书，由于他学问深厚，而且口若悬河，楚怀王很是信任他。当时楚国有亲秦和亲齐两派，屈原是亲齐派。秦国看见屈原得势，便派张仪买通了楚国的贵臣上官大夫、靳尚等人，在怀王面前说屈原的坏话。怀王最终被奸臣们迷惑，将屈原流放。

之后，张仪便劝怀王和齐国绝交，条件是秦国割地六百里。于是楚和齐绝了交，向秦要地，张仪却说只有六里，怀王大怒，举兵伐秦，不久大败而归。怀王召回屈原，并委以重任，但奸臣当道，没多久，怀王终于让秦国骗了去，客死他乡。怀王的儿子继位，仍然相信奸臣，把希望寄托在秦国的身上，并第二次将屈原放逐，他流浪九年之后，不忍亲见亡国惨象，于是怀沙沉江。

《楚辞》中《离骚》和《九章》的各篇，都是屈原在放逐时所作。《离骚》尤其是千古流传的杰作。这篇大概是他第二次流放时所作。在诗中他感念怀王的信任，却恨他糊涂，让一群小人蒙蔽，播弄，而他的儿子又不能醒悟，以致国土日削，国势日危。他自己更是走投无路，满腔委屈，千端万绪，连一个可以诉说的人都没有。于是他只能把满腹块垒泻于纸上，《离骚》便是这样写成的。离骚是别愁，是伤忧。他是个感情奔放的人，那一腔抑制不住的愤怒，终于排山倒海似的从他的墨锋迸出。简直是东一句，西一句，天上一句，地下一句，都是情感的碎片在绚烂地闪耀，而没有什么文理组织，这和人在疲倦或苦痛的时候，叫声妈呀和天呀一样，是情感的不节制流露。

在放逐的那些年代，屈原一直生活在自己的幻想国度。现实太残酷了，人间太狭窄了，人生太短促了，活得又那么压抑，于是他打破了现实的有限世界，用幻想创造出一个无限的世界来。在他的那个无限的世界里，所有的人物都是神话里的人物，大多数是美丽的，但也有少数是丑陋的，但是他们都法力无边，心地善良。

在我的感觉中，屈原是一个美男子，是一个奇男子。身材高大挺秀，而且感情细腻，他曾将怀王比作美人，说他自己对他是求之不得，辗转反侧，情辞无比凄切，缠绵悱恻不已。他又将贤臣比作香草，慨叹美人香草之难得。读屈原的辞赋，你根本不需要通篇朗诵，目光停留在哪儿，你就从哪儿读起，轻轻地吟哦，三五句即可。

每个人都是梦语者

　　当我拿到朝晖兄的这部《梦语者》后，不得不说的是，我的心情不仅激动，而且复杂。也许是遵循了人类某种约定俗成的阅读习惯吧，我在阅读的时候，总是会分门别类。譬如说，如果摆在我面前的是一部小说，那么我就会把它当小说来读；是诗，我便会当诗来读。总之，无论如何，我也不会把《包法利夫人》读成一首诗，更不会把《开·闭·开》读成一部小说。

　　而《梦语者》的问世，仿佛就是为了挑衅我阅读的极限。

　　我分明是在读一部小说。那个凄婉的故事发生在古庄。一天，伯伯家的一只母鸡突然打鸣了，预示古庄有灾，于是古庄里所有的人都去摘桃花，把缤纷的桃花抛入古庄所有的井里，但仍然没能阻止灾难的降临。一个星期后，日本兵来了，死了七个姑娘。又一个星期后，古庄后山倒塌。

　　我分明是在读一组诗，请允许我原封不动地抄下这些诗句：大地必须献出我们，作为她向天空的祭礼。缠着绷带的云在她的身体里不动声色地拐来拐去。任何声响和色彩也再难沾染她的手。亡者从土地里发出邀请：随山脉而入。

　　我分明是在读一则寓言。一个老者对一个小孩发出指令：望火。但小孩没有任何经验，不知道如何去望，他看不到火，只感觉到温暖。直到老者提醒他别动，安静下来的小孩这才看到了闪跳的火光。于是他望着火，火望着他，都在燃烧自己。

同时，我分明是在读一部自传。几个穿着制服的警察在黎明时敲开了朝晖兄家的门，他们出示证件后，开始了搜查，他们在房间里到处摸摸看看，还不忘用手拍打一下家具。搜查无果后，开始了讯问。一个警察指着朝晖兄的夫人问："她是你的老婆?"朝晖兄答："难道还能是别人的老婆?"随后，那名警察又指着朝晖兄的小孩问："这就是你的孩子?"朝晖兄不动声色地回答："难道是你的孩子?"

是的，我还可以列举下去。譬如：我分明是在读一篇美文，分明是在读一则童话，又分明是在读一篇有关精神分析的论文……

如果一定要定个调子，从某种意义上说，《梦语者》是作者的一部精神自传。不过这样说还是笼统了一些，确切地说，我觉得与其说这是一部精神自传，还不如说是一部检视自身肉体和灵魂的循环性作品。我的理由如下：

一、没有僵死的、书面的，循规蹈矩的词，所有的词都是活生生的，生物学的。

二、那些词所表达的并不是思想的象征，而是肉体和血液。

三、作者赋予那些并不太流畅的语言以独特的生命，而独特的语言生命就像蛇行雁飞，自由自在。

四、虽然也有未知与神秘，怀疑和迷惘，但自始至终贯穿着对生命的热爱和迷恋。

五、作者呼唤着美，美也在呼唤着作者。

六、没有开始，更没有结束。

有了如上六点，我可以如释重负地写这样一行字了：我们每一个人都是梦语者。

尊严之书

　　基本上可以这样说，作为一个读者，总是对他下一本要读的书充满期待，但一次又一次的失望使他的感受极端疲劳。也往往就在他几乎要绝望的时候，一本书奇迹般地，在距离他眼睛三十厘米的地方横空出世，使他几乎决心要终止的阅读旅程突然间风起云涌。当然，这本书不一定是完美的，也不一定是伟大的，它或许存在着瑕疵，甚至还有漏洞，但这并不影响它的存在和魅力，对于特定的读者来说，这本书的价值甚至要胜过那些被人公认为经典的书籍。说实话，《生死疲劳》对我来说，就是这样的一部小说。

　　我开始对这本书并没有充满太多的期待，因为我害怕失望。但大概还只读了前面五千字的时候，我的心便怦然地动了一下。我猜想，这一定是一部有关尊严的书，是那种把人的尊严刻画得淋漓尽致的书。当然，主要是喜欢小说里那种独特的气味，在接下来的五天时间，就像美女身上淡淡的狐臭，这本书里散发的气息使我魂不守舍，心飞天外。果然如此，我猜对了，这真的是一部专门描述人类尊严的书。

　　莫言的小说我基本上都细读过，尽管在我的眼里莫言是一个低调的一直处于上升状态的作家，但我仍然认为《丰乳肥臀》是一部代表中国文坛最高成就的作品。和他的一些中短篇小说，以及《酒国》《天堂蒜薹之歌》等相当优秀的作品相比，《生死疲劳》毫不逊色，我个人甚至更加偏爱。它的魅力在于，像这样一本讲述尊严的小说，虽然描述了黑暗，但却把读者停留在了光亮之中。

人的尊严大体上分为两种，生前的尊严和死后的尊严。小说的开头，一个叫西门闹的人的生命就结束了。他生前所有的尊严被人民政府的一颗子弹给报销。俗谚说，生命结束的地方，就是想象的开始。（呵呵，亲爱的读者，这不是真的俗谚，我这可是受了莫言先生的影响，他在这部小说中动不动就随口编造伪俗谚，这竟成为他的叙述魅力。）中国式的想象就是进入轮回。西门闹死后的第一道轮回是一头驴。做一头驴就做一头驴吧，偏偏还保存着对前世的记忆，特别是目睹了自己丧失尊严后的诸种惨状，譬如宠妾的背叛等，叫他西门闹怎么安心做一头驴。于是这头失去了尊严的驴便充满了愤怒。俗话说愤怒出诗人，同样，愤怒使一头驴别具一格，它会跳墙，会飞，还敢和恶狼搏斗，而且是为了爱情，为了一头心爱的母驴。呵呵，这在西门闹生前是想都不敢想的。

同样，作为一头牛和一头猪的西门闹都不是凡牛和庸猪。为了那一点可怜的尊严，西门牛怒顶荡妇，发疯使威；西门猪不甘平庸，追月成王。在牛和猪的世界里，作为人的西门闹终于实现了自己寓言式的人生价值。而他的后代们仍然为了自身的尊严在努力奋斗。为了爱情的尊严，身为副县长的蓝解放甘愿沦为平民，出身优越的西门欢和庞凤凰沦为耍猴人，人性的尊严在人生的舞台上轮番上演。

最后要说的是，当西门闹轮回到狗，特别是猴的时候，它们心中的愤怒开始消减，尊严变得不那么重要，终于轮回到做人的时候，竟然是个大头儿，动辄出血不止，虽然有极强的语言能力，但随时都有死去的危险。进一步设想，要是这种轮回还要继续下去的话，说不定就是一条虫子，一片树叶，或者是一颗露珠，而一片树叶或一颗露珠的尊严就是它们自身。想想，那样的世界该是多么纯净。

一个文学编辑的约稿花絮

　　不知外国的文学编辑是何情况，吾国的文学编辑大凡也就两种，一种是因为专业对口毕业后分配到了编辑部，一种是发表了一些作品后被作为优良品种引进。我有幸成为后者。据我所知，像我这种既当作者又当编辑的还真不少。譬如说我所认识的叶开、徐则臣、李浩，这样的人太多了，而且都比我有名。

　　记得当初写作，给编辑部投稿时，不会像现在这么直接和随便，总是会工工整整诚惶诚恐地附上一封手写的长信，开端必是"尊敬的编辑老师："，末尾定是"此致，敬礼！"。等到我当编辑的时候，文学基本上已经边缘化了，但还是会被很多投稿者称为老师，尽管前面已经没有了"尊敬"二字，更不会享受敬礼的待遇，我还是会惶恐不安，感到愧为人师，特别是被某个自己曾追捧的作家称作老师时，更是如坐针毡。而这也说明了一点：一个编辑也是有着特权的。记得初当编辑时，一名老编辑曾经诲语谆谆，小易啊，编辑也是一个神圣的职业，不是法官，对一篇作品来说，却有着生杀大权，所以，你必须要，如何如何。前辈神情肃穆地诲人不倦，我则不停地点着头，如鸡啄米。

　　我是十年前从省公安厅的一家警察杂志转行当文学编辑的。当时那家警察杂志每月发行量十多万份，主要刊发一些案件侦破纪实类文章，当然也有文学副刊，还有一个卷首栏目，十多年前稿费就是一字一元，所以很多名家都给我写过稿。邵燕祥、李国文、邓刚、刘心武，等等。还记得深夜给刘心武打电话，感觉他的声音有点像白居易《琵琶行》中所形容的"间关莺语花底滑"，细腻、柔婉，具有明显的女性化特质。我不知道他日常的声音是否也是这样。我一直没有见过刘心武，也再没给他打过电话。后来不管是看他的《公共汽车咏叹调》《钟鼓楼》，还是《红楼望月》，我都能读出一股阴柔的气质，我对这个大作家的全部认识和定位，都是那天深夜他那细腻、柔婉的声音所给我带来的。

　　和远在青海的湘籍大诗人昌耀约稿也是在一个深夜。当时昌耀寄住在一间办公室里，他希望我这个小老乡在晚上九点以后给他打电话，这样就没有白天的嘈杂和干扰。他会用一种苍凉、悦耳的声音告诉我，他在《诗刊》的某一期看到了我的作品，感觉如何，还加上一番鼓励，听得我脊背淌汗。这是写了《慈航》和《哈拉库图》的大诗人啊，他竟然还关注我那无比幼稚的小诗！我至今还保留着昌耀给我写的五六封书信，都是用铅笔写的，而且字迹一丝不苟。记得一次失恋了，对我打击特大，我便给他写了一封信，年轻气盛的我想离开长沙，说是要去西宁找他，就像里尔克给罗丹当秘书那样，去伴随他的左右，把终生奉献给诗歌和艺术。他很快就来了信。照样是铅笔字，照样是一丝不苟。他在信中简单地阐述了一个人的生存和诗歌艺术的关系。最后他说他还想回到湖南工作，甚至是打工呢。几年之后，我才知道，昌耀活得比我更艰难。彼时他已离婚，不仅居无定所，还和我一样，也同样饱受着失恋的痛苦，而且还不能与外人道，因为五十多岁的他竟然不可救药地爱上了一位二十刚出头的江南美女。这注定是一段没有任何结果的苦恋。当昌耀离世后，更多的人知道了他生前艰难的处境，以及他的木讷、迂腐，甚至窝囊，而惊异他诗歌的深阔魅力时，其实忽略了他勇敢、强大的内心。试想，他要是没有一颗不与现实妥协的内心，他怎么会在世俗不容的爱情面前飞蛾扑火，又怎么会在不堪病痛折磨时临窗一跃！

接到山西作家曹乃谦的电话是在一个忙碌的上午，一晃也是十多年前的事了。他给我寄来了一篇发生在大同的案件纪实，题目就叫《豺狼的日子》，但这个案件并不大。当时我们那个杂志因为发行量大，稿费高，稿源足，一般很少发外省的小案件。还是我接到电话后说服主编以照顾著名作家的名义刊发的。其实在当时，我也就看过他的短篇《到黑夜想你没办法》，并知道汪曾祺和王安忆为此写过评论，但这就已经足够了，而我和曹乃谦的交道也就此结束。直到去年年底，我给他在《文学界》做一个专辑的意愿越来越强烈。众所周知，近年曹乃谦名声日隆，而又得知他因疾病折磨很少写作时，我心里是全然没底的，只是抱着试试看的心理给他发了一个邮件，想不到他竟然还念着十多年前的一稿之缘，一口应承了下来。三个月不到，一个包含着作品、访谈、自述、印象等元素的专辑就大功告成。在一来二去的邮件交往中，在我的眼里，曹乃谦可不是一个具有名士风度的大作家，他就是一个实诚的，无比倔强的北方老头儿。他宁可与我翻脸，也不愿意在访谈和有关他的评论中提到"诺贝尔奖"这四个字，无奈之下，我只好屈服。说实话，开初我对他的这种犟劲是颇有微词的，但当我后来得知，他一年之中就写了两篇小说，一篇《初小九题》，一篇《儿子的忏悔三题》，而将后者交予我这个省级文学刊物的编辑发表时，我心中的感动是无法用言语来表述出来的。

钱锺书有句名言："假如你吃了个鸡蛋，觉得不错，何必要认识那下蛋的母鸡呢？"《文学界》从2005年创刊初始，领导们就定下了一个给作家做人物专辑的宗旨，反钱锺书的名言而行之，几年下来，让上百位著名作家和新锐作家成为杂志的封面人物，全方位地向读者展示他们的文学风采和个性，不仅让读者吃到了好的"鸡蛋"，还让读者认识和了解了那下蛋的"母鸡"。扳指一数，我们做过王蒙、蒋子龙、陈忠实、贾平凹、张贤亮、迟子建、韩少功、残雪、唐浩明、王跃文等很多著名作家的专辑。印象最深的一次，是二月河。当时他在家养病，在电话中婉言拒绝了我的请求。但两个月后，我竟然突发奇想，动员我的家人开着两台车以旅游的名义，驱车一千多里去了河南向他约稿。

二月河的家在南阳市卧龙区，经过一番周折找到他家时，一个弥勒佛一样面色慈祥的人站在不远处向我们招手，那当然就是二月河老师了。二月河先生几年前中过风，不过现在身体还不错，看不出什么病象，只是走路好像有点慢。他以前好烟酒，病后有所收敛。我看到他的案几上有一个巨大的烟灰缸，里面有四支烟，都只抽了八分之一就熄了火，显然是节制的结果。两个月以后，百忙之中的二月河先生就专门为我所在的刊物创作了一组散文和一篇自述性文字。先生的专辑发表之后，在读者和朋友中反响不小。

以上所记述的都是我作为一名编辑的难忘和得意的事情，当然，谁都知道，作为一个文学编辑，没有什么了不起的，不过是一个再普通不过的职业而已。只是限于篇幅，也就不在这叫苦了。

最近读过的书

罗伯特·穆齐尔《在世遗作》

这是一颗小小的钻石，无论是在黑暗中还是被深埋，都会光芒四射。严谨的穆齐尔先生害怕谢世后人们胡乱出版未经他同意的文字，于是在生前亲自编选了这本小书，并在序言中郑重声明：严禁后人在他死后出版他的遗作。对于一个以写作为生的人来说，这是一个多少有些悲壮的举动。记得十五年前，他的巨著《没有个性的人》翻译出版，似乎并没有在中国读书界引起一个穆齐尔热，多年以后，才断断续续有了《穆齐尔散文》《学生托乐思的迷惘》《三个女人》《两个故事》的出版。而《在世遗作》的所有篇章已全数收入 2008 年出版的《穆齐尔散文》中，那么，我，一个拥有了《穆齐尔散文》的读者，为什么还要那么迫不及待地购下这本《在世遗作》？答案只有一个：热爱与尊重。

伊丽莎白·毕肖普《唯有孤独恒常如新》

伊丽莎白·毕肖普是一个把词语挂在空中的女诗人，但她所表达的思想从来不是飘忽的。她不以一个哲学家的面目示人，却一直在用自己的词语探索事物的本质，所以她在《地图》中写下了"地形学不会偏袒/北方和西方一样近"，在《鱼》中写下了"他没有反抗/他完全没有反抗"，在《物体与幽灵》中写下了"梳子是一架/天生失语的小女孩/以漫不经心的目光弹拨的竖琴"。是的，她像托马斯·特朗斯特罗默和维斯瓦娃·辛波丝卡一样优秀：节制、内省、精确。化腐朽为神奇，化孤独为狂欢。他们都写得很少，都不短命，堪称天才诗人中的楷模。

威廉·特雷弗《出轨》

威廉·特雷弗虽说写了二十部长篇小说，但他仍然是一个标志性的短篇小说大师。《出轨》中的十二个短篇，篇篇精彩，没有一个是凑数之作。开篇之作是《坐对死人》，在临终之际仍梦想着功成名就的丈夫死了，而守灵的妻子，跪在死去丈夫的身边，祈祷这个长年来对她施以冷暴力虐待的男人得到救赎和解脱，这将是怎样的一种人性大释放？不说《坐对死人》的激烈与迅猛，单说《在外一晚》的庸常与平缓，一对男女在婚介所的安排下约会了，这样的事全世界多了去了，男人只是想找个不要钱的车夫兼打杂的下手，还想撮顿酒喝，在一来二往中，聪明的女人也渐渐明白了男人的心思，但一个不戳穿，一个不狡辩，彼此保持着最后的一丝体面与尊严。这种人性的幽微之处，绝对不是一个二三流的小说家所能驾驭的。

阿利斯泰尔·麦克劳德
《海风中失落的血色馈赠》

阿利斯泰尔·麦克劳德是一位与艾丽丝·门罗迥然不同的短篇小说大师。他笔下的故事都发生在一个偏僻、寒冷、贫穷的海岛，中国同样有很多类似的地方，譬如，莫言笔下的高密县东北乡。但麦克劳德的小说似乎在狂放中更显节制，在残酷中愈发温柔。相比那些天纵之才的大家，他似乎更擅于处理纯真、真实的情感。譬如在《秋》中，因为生活困顿，家中那匹与父亲相依为命的老马被强势的母亲卖掉后，愤怒的父亲并没有发作，而是与后悔的母亲在风中紧紧地搂在一起，他们顶着凛冽的风雪，任脸上结起风霜。

恩里克·比拉 – 马塔斯《巴托比症候群》

天，小说原来还可以这样写啊！

立足点和出发地

　　一个人的读书，其实和识字一样，都是从被动开始的。譬如写字，你得先撇后捺，从一笔一画开始。老师和家长教你写什么你就得写什么，否则你就永远不会写字，除非你是仓颉。读书也是如此，得从最简单的东西读起。一年级读什么，二年级读什么。譬如像二十世纪六七十年代出生的我辈，必读"我爱北京天安门"，必读"吃水不忘挖井人"以及"挑担茶叶上北京"。

　　先要说明一点的是，我不是一个记忆力强的人，如果你现在要我一字不漏地背一篇文章，或者一首诗，我宁愿选择去蹲三年大狱。但小时候读的那些东西，我总是能脱口而出，而且，其内容也几乎影响着我的一生。——我每次去北京，都会去看看天安门，不去看看心里好像就不踏实。——我不喜欢城市自来水的漂白粉味道，不喜欢来历不明的桶装水，我只喜欢家乡的井水，凉沁沁的，甜丝丝的，没有任何污染。——我最喜欢喝的是绿茶，清香、微苦，好看，提神。但是，当时语文课本教给我们的并不是这些，而是：我爱北京天安门，是因为天安门上太阳升；吃水不忘挖井人，是必须时刻想念毛主席；挑担茶叶上北京，也是要把香茶献给毛主席。记得当时我在学习和背诵这些课文时，老是想不明白：毛主席为何是不落的红太阳？那墙上挂着的主席像和天上的太阳一点也不像啊。我喝水时怎么谁也不想？完全是因为口渴了。还有，那么多人都挑一担茶叶到北京去送给毛主席，他老人家能喝得完那么多茶叶吗？

最简单的东西，如果深究起来，往往最不简单，这就像很多人为之奋斗终生，为之而流血牺牲的真理。什么是真理？在我看来，首先就是真实，试问，没有真实，哪来的真理？再就是真诚，想想，一个欺世盗名的人，他能摸到真理的边吗？不能！其实，一个阅读的人也是这样，就像寻找和追求真理一样，是一个不断地辨别真伪、不断地校正方向的过程。譬如说，除了"太阳升""时刻想念"之外，我们还能读到《静夜》《悯农》《春晓》《村居》《孔乙己》……一种心灵真实的东西，就得紧紧地抓住它，不让它随波逐流。在某种意义上来说，其实这就是真理。

但是，我迷恋上文学，并不是因为李白、杜甫，也不是司马迁和唐宋八大家，甚至不是鲁迅。毫无疑问，他们给了我文字最初的感受和驾驭能力，但是，他们并没有让我成为一个作家，反而让我对文学感到敬畏，甚至是恐惧。阅读他们，完全是因为被迫和别无选择。直到后来，当我读到《我不相信》《致橡树》和《远与近》等那些朦胧诗人的诗句时，我那闭塞和蒙尘的内心一下子被激活，我的写作之路也因此而展开。

不记得是谁说过，阅读是一个人的故乡。是的，那一本本好书就是故乡的道路、屋宇、码头、河流和山峰，甚至是每一寸土地。那些伟大的作家，其实就是，我故乡的亲人。

这样的故乡，就是一个人的宿命，同时也是立足点和出发地。

以下是我所喜欢的五本书和五个作家。

《包法利夫人》，是故乡的那个池塘，名叫牛眼塘，水很清，有很多小鱼，有荷花，光影在波浪间浮动。那个叫福楼拜的人，在我的故乡是一位跛足的老人，他教会了我游泳、钓鱼和踩高跷。

《审判》，是故乡老屋后的那条小路，路上总是充满了泥泞和毒蛇，但通过它可以到达一座丰硕的果园。那个叫卡夫卡的人，在我的故乡是一位神秘的病人，他告诉过我有时吃泥巴也能治病。

《罪与罚》，是故乡的一座山峰，有时觉得它很高，有时又觉得它很矮，传说爬上去会让人老十岁。那个叫陀思妥夫斯基的人，在我的故乡是第一个发了财的人，他曾用摩托车带着我去看露天电影。

《百年孤独》，是故乡的那幢老宅，冬暖夏凉，住过好几辈人，老墙上的裂缝呈人形，屋顶上总是响起脚步声。那个叫马尔克斯的人，在我的故乡是一位屠夫，他曾经笑着对我说要割掉我的小鸡鸡。

《喧哗与骚动》，是故乡的那条大河，我们这些小孩总是偷偷地跑到河里去游泳，每年都有小孩被淹死。那个叫福克纳的人，在我的故乡是一个远近闻名的木匠，他告诉我握着斧头的手永远不能发抖。

对一本好小说的渴望

　　那是二十多年前的事了，通过《龙应台评小说》这本书，我知道了有一个叫李永平的马华作家。当时龙女士的那把"野火"在台湾摧枯拉朽之后，又以燎原之势烧到了大陆，是有名的"惹火女郎"。她不仅针砭台湾的诸多社会现象，对那些著名的台湾作家，也是重症下猛药，绝不手软。而她单单钟情于非著名作家李永平的《吉陵春秋》，照她的话说是"总算盼到了一本真正的好小说"。但这本好小说我却一直无法读到，乃至在心中成为一个悬念，一个谜团。

　　几年后，这本小说又被《亚洲周刊》评为轰轰烈烈的"二十世纪中文小说一百强"，更是调足了我的胃口，做梦都想一睹为快，可谓"求之不得，寤寐思服"。

　　再之后，印度裔作家奈保尔获了诺奖，时代文艺出版社率先推出他的《大河弯》和《幽暗国度》，译者便是那个自称为南洋浪子的李永平。那些日子，当我迷失在大河弯的幽暗国度，心中"寤寐求之"和"辗转反侧"的仍然是那个赤道海岛上的南洋小镇。

　　二十多年后，世纪文景终于出了《吉陵春秋》的简体版。——让我莽撞进入吉陵镇上的那条万福巷里，巷里除了十数家妓院，还有一家棺材铺，小镇上最美的女子长笙就是这家棺材铺的女主人，因为清纯的美往往会成为一种诅咒，所以她一出场就注定要死去。是的，美很容易昙花一现，而丑和恶却如影随形，永无止息。

记得一个作家在阐述他为什么写作时，曾经说过，他坐下来写一本书时，一开始并没有要求自己写出一部如何如何艺术的作品，他之所以产生了写作的冲动，是因为这个社会的不公给他带来了强烈的不满意识，他感觉到忧患和责任在身——件事物必须探明真相。他要站出来说话，同时还要使自己的这种行为成为一次审美活动。在这种简单而执着的信念驱使下，他毕生为之而奋斗。

我不知道李永平是否做到了这些。他热爱地球表面上的一切事物，对具体的东西和人类潜意识活动感到兴趣，从不压抑自己对语言的极致追求，不断校正自己的审美，有效地把内心的隐秘和这个时代对人性的要求调和起来。在我的眼里，这就是文学的大境界，是最崇高的精神理想。生活是为了永远憧憬更多的空间，更多的永恒。而永恒从来都不是固定的，它永远在前进，有了幻想和希望的生活，就像如影随形的影子，和永恒一道，也永远在前行。

第六辑
实境与虚空

幸福而疼痛的生活

　　大厅里的灯光格外辉煌，同时也显出柔和。小黄站在大厅的一个角落里，心里充满了一种说不出的美感。他的老家在湘西的一个大山沟沟里，出来时村子里还没通电。记得几年前他第一次来到这家大酒店，就像进了传说中的天堂，总是不能适应，觉得身上全部都是秽物，一举手一投足，都轻轻的，生怕弄脏了这里的一切。就是现在，小黄对眼前的一切还是充满了敬畏。

　　大厅里人来人往，大都是一些有身份的人，男人一脸的自信，财富和权力好像就写在他们的脸上，识字的人都能认得出来。女人更是珠光宝气或者妖里妖气。还有成群结队的外国人，有正在当红的影视明星。他们如过江之鲫地从小黄的身边穿过，而小黄只是一个小小的卑微的保安。但他已经感觉到很幸福了。一脸庄重地遵守着自己的职责，一切荣耀对他都像是过眼云烟，他不卑不亢。不像以前的一个保安小白，心里承受不了这种命运不公带来的打击，整个人都差一点崩溃。小白没做多久就走了，后来他还给小黄来过一个电话，说是在一个建筑工地上做苦工，如果老板厉害，一个月也就混口饭吃，一天到晚还累得贼死。不过小白觉得那样挺好的，抬眼都是苦命的人，心里总算找到了一种平衡。

　　几个台湾人围了过来，小黄就对他们微笑着。他们是第一次来湖南，问他最值得去的是哪几个地方，台湾人就是精明，不光只相信旅游团的介绍。小黄就认真地想了想说，我虽是湖南人，但我也没有去过几个地方，我只知道我的老家湘西，张家界自然是要去的了，还有凤凰，尤其是那些不为人知的小村落其实是最有看头的……就在这时，小黄腰里的对讲机响了起来。小黄接过对讲机，说了一声我就来，就对那几个台湾人抱歉地一笑，急匆匆地朝车库走去。

车库里有两个小保安在等他。原来是他们发现有一辆大奔的车窗没有关上。小黄是组长，那两个小保安马上把情况详细地向小黄汇报了。小黄和他们把车门打开，进去清点了一下车内的物件，把一台手提电脑和一个黑色的包裹拿了出来。并打电话叫来了值班经理。请示他怎么办？值班经理指示，打开小包，他们清点了里面的钱，有五千元人民币。把财物一起拿到总服务台封存，等客人来认领。

小黄来到大厅的时候，那几个台湾人仍在等他。他们还要听小黄介绍湘西大山沟沟里的村庄呢。值班经理也来了兴趣，微笑着站在一旁听着，小黄就用生动简洁的语言讲起了湘西村落的民情风俗和秀丽风光，听得那几个人心向往之。就对值班经理表扬起小黄来，说贵店有了小黄这样的保安，真是住得放心，下次来的话他们还要住在这里，把这里当家。值班经理听了很高兴，也口头表扬了小黄。这个值班经理在酒店可不是个随和的领导，能得到他的首肯，真是做梦也没有想到。小黄一连几天高兴得不知道自己姓什么了。

直到有一天，刘明丽的到来。

刘明丽是保安小刘的妹妹。她在一所学校学电脑，刚刚毕业，正在找工作，有的是时间，所以就经常来他们的宿舍里玩。刘明丽是个性格活泼的女孩，长相也算姣美。而且嘴特别甜，总是黄哥长黄哥短的。一句一句叫得小黄眼跳心热。同宿舍的几个保安都没有女朋友，对小黄受到的特别待遇嫉妒得不行，都嚷着要小黄请客，小黄表面上装着什么也没有的样子，口里说这怎么可能，其实心里比喝了蜜都甜。小黄都二十几岁了，还没谈过恋爱呢。尽管他是个明白人，知道和刘明丽根本就不可能。小刘就曾对小黄讲过，说他妹妹曾劝过他改行，说总不能当一辈子的保安，而且待遇和地位又那么低。刘明丽是不可能嫁给一个保安的，她尽管也是农村出身，但她学的是平面设计，找到工作的话工资要比一个保安高几倍的。尽管小黄心里明白，但他还是在心里爱上了刘明丽。一下子就爱得不能自拔。而且他还要极力掩饰，不能让任何人知道，知道了的话，会让人笑话的。

小黄也有点儿恨自己，为什么就当了一个保安呢。想起那个时候高中毕业在家里种田，实在是受不了那份穷和苦，做梦都想着出去闯世界，但又一点儿门路都没有。有一个同学李强，初中毕业就参了军，退伍后就在省城当了保安。一年春节回来，热情的他介绍小黄到省城来当了保安。小黄开始还不相信是真的呢，后来才知道保安其实不是一份什么了不得的职业，只要你符合身体条件，再就是当过兵什么的，后来保安市场正规化了，有了保安学校和保安公司，一般来说，你得执保安证才能够上岗。于是就有了外保和内保之说。外保就是通过保安公司和用人单位联系，保安公司其实说白了就是个中介机构，在管理中收取一定的中介费而已。而内保则是单位内部向社会招聘的，他们招聘的主要是那些从部队退伍的人，还有那些从警校毕业但又进不了公安部门的学生。当然还有一些就是关系户了。不过，这些保安一律都是外地人，基本上都来自农村。住统一的宿舍，便于那种仿军事化的管理。

一年冬天，全国糖酒会在这个城市召开。酒店里一下子就爆满了，保安这时也是最为忙碌的时节。他们连休息的时间也没有，个个都像上了满弓的箭一样。为了酒店的安全，时刻准备着嗖的一声击中目标。一天，酒店的门口来了一群黄牛党，他们向酒店里的客人们炒起了电影票和明星演唱会的票。由于这个会议是全国性的，来的人特多，所以什么都紧张起来。那些黄牛党把票价炒得很高，甚至还卖出了一些假票。惹得这个酒店的客人向总经理投诉。

在值班经理的指示下，小黄他们那个小组在值班的时候，把两个他们认为是黄牛党的北方人给抓了起来。不由分说就把他们关在了一楼的一间没有窗户的黑房子里。这个房子是酒店专门用来作"留置"有关人员用的，当然不为外人所知。那两个北方人一点儿也不老实，说什么也不承认他们是倒票的，而且口气还大得吓人，说要他们吃不了兜着走。几个年轻气盛的保安哪里吃这一套，把他们"请"在了那间黑房子里后，就和两个北方人打了起来。当然是北方人吃了亏。鼻青脸肿地倒在了地上。这次，小黄也动了手，他心里一直郁闷，听小刘说他妹妹好像已经找了朋友了。是个大学生，还是什么电脑工程师。

后来那两个北方人的同事找了过来，才知他们真的不是票贩子，而是酒店的客人，这一下子闯了大祸。总经理亲自出面才摆平这件事。让那几个北方人免费吃住，会散后还买票送他们上了飞机。不过，小黄他们也没有受什么处分，这些事都是酒店里的主意，他们只是奉命行事而已。像这样的事他们酒店一年总要发生几起，像那些不知天高地厚，到酒店里来闹事的小子，保安们就会把他们关在那间黑房子里，让他们吃一些苦头。他们也知道，他们是没有这个权力的，但这些事情酒店都能摆平，他们不会有什么后顾之忧。

平淡的生活又开始了。小黄什么都不想，就只做好分内的工作。下班之后，就在宿舍里看看电视、打打牌。时间过得飞快。

有一天，同学李强来找小黄了。说是他和几个朋友要到郊外去玩玩。要小黄和他一起去，他要介绍几个做保安的朋友给他认识。小黄正好休息，就上了他们的车。一个小时后他们到了郊外。在一座小洋房前停了下来。那几个人下去的时候，都带了刀，小黄的脸一下子就吓白了。忙问李强是怎么回事。李强说他们是找一个人还钱的。李强还说，没事的，你就站在一旁什么也不做，就充个人数。小黄见那些人一个个盯着他，他也就不好说什么，跟他们进了那个小楼。那天，他们没有动武，但他们替人要了十万块钱的债。小黄也分到了一千元，小黄无论如何也不要，但推脱不了，也就只好收下了。

后来李强再也没有来找过小黄去做什么事了，知道他不是做这个事的料，照家乡话说他不是吃菜的虫，不过他还是把他当朋友。有时还一起喝喝酒什么的。没多久，李强就不做保安了，他给那些人气很旺的歌舞厅看场子去了，有时候他一个月的收入，当得小黄一年。

小黄其实挺理解李强的，做保安时间长了，就知道了很多别人的故事。一个长得好看的保安做鸭去了，还有一个做了鸡头，在南方赚了很多钱，有的做起了毒贩子。还有一个甚至混进了黑帮，做起了杀手。小黄在心里惋惜之余，还是挺理解这些人的，他们都是那些抵制不住诱惑的人。在大酒店里做保安，人间的奢华、极乐，什么没有看到过，为什么人家就过得那么好，自己就不行？于是他们就开始了铤而走险。有的甚至是飞蛾扑火在所不惜。

干保安这一行，吃的其实也就是青春饭。做保安的最佳年龄大概在十八岁到三十岁之间，你不可能永远做一个保安，过了三十岁，说不定你就得自谋生路，而几百块钱一个月的工资，加上除了做一个保安，你再一无所长，这就注定你没有未来，甚至是居无定所。谁想起来也后怕啊，就难怪那些稍有本事的人都改行做别的去了。

小黄却不这样想，他知道自己是个普通人，只能老老实实地做好自己的保安工作。如果省吃俭用的话，一年也存过两千块钱，到了实在是做不成保安，在城里又混不下去了，他就回老家去。用存下的钱娶个寡妇什么的，应该是不成问题的，他这一辈子毕竟算是走出了大山沟，见了一下世面，比他的祖祖辈辈算是强多了。

小黄的心态又好了起来。他觉得自己的确是一个幸福的人。

只是有一天，刘明丽又来到了他们宿舍。她好久没来过了。小黄经常做梦都梦到她。她就快要结婚了，小黄已经对她不存一丝幻想，但他仍然在心里爱着她。那天，他们也没说什么话，后来刘明丽见气氛不对，就早早地走了。小黄也还是有伤感的时候，他只要想到刘明丽，想到自己离三十岁不远了，就会黯然神伤。

小黄的大名叫黄天华。他今年都二十八了，已经做了六年保安，一直是保安队伍里优秀的一员。他说他相当热爱保安这个职业，他要为保安事业默默地奉献自己的青春，直到他再也不能做一个保安。

小黄还说，做坏事的保安是有，但像他这样的保安，占了保安队伍里的绝大多数。

小镇流行红裙衫

应该是 1987 年吧，或者是更早，离我们村不远的另外一个村。那村里有一个五十岁的妇女突然生下来一个怪胎。有两个嘴巴。他一生下来就说了一句话，他说了一句话后，就死了。他所说的那句话，后来迅速在我们小镇各村流传开来，甚至影响着我们的生活。

他说：我是观音老母派来的，今年十二岁的孩子都要跨过一个铁门槛，跨不过去的都会死去，要跨过去，唯一的办法是穿上一身红色的衣裤。

村子里的人一下子震惊了。家里有十二岁小孩子的人家纷纷走到街上，在一家商店里扯来几尺红布，村里的裁缝一下子走俏起来。有的人家为了接不到裁缝还大打出手。红布的价格提高了，裁缝的工价也同样水涨船高。

那个春夏季节，很少添置新衣服的穷人家的孩子有福了。他们都穿上了崭新的红色衣裤。有很多家庭为了保险，那些不满十二岁或者是超过了十二岁的小孩也一律穿了红色的衣裤。到处都是红色的小孩，点缀在青山绿水之间，成为我们家乡的一大风景。

那一年，我十八岁，因为爱好文学，成为一家晚报的特约记者。我们镇上一共也就两位特约记者，还有一位姓王的老兄。我们想写一篇报道。我们赶到那户生怪胎的人家，他们说是生了一个怪胎，一生下来就死了，根本没有说什么话。孩子一生下来怎么就会说话，那个男主人对我说，那是一个老实辛勤的农村男人。他的话就像真理，一下子把我给噎住了。其实我也不相信这个，只是没有调查就没有发言权。

我把事情的真相告诉我的邻舍亲友，谁都付之一笑，不置可否。镇上的孩子没有因为我的辟谣而不穿红衣裤。相反，仍然在大肆盛行。乃至红色成了我们全县的流行色。

我和王老兄在写作这篇新闻稿件时发生了小小的分歧，他认为是迷信，是愚昧的乡民们以讹传讹的结果。我却认为没有这么简单。其中一定另有隐情，另有内幕。

于是，我开始了深入的调查。很快我就查出了一点明堂来。

原来，八十年代市场经济开始运转，计划经济受到冲击。镇上的供销社开始衰落，而那些个体小商店如雨后的春笋冒了出来，显示出勃勃生机。有一个聪明人承包了一家衰落的供销社，那个人原来是个劳改释放犯。姓包。人称咸包子。虽说给商店改了一个漂亮的名字，但竞争力永远不如其他一些新兴的店铺。因为他的店子里尽是以前的一些卖不出的老货，积存最多的是红布。旧货不卖出去，他就没钱进那些时兴的新货，所以他的店铺就显得一点也不兴旺。他都快急疯了。后来他就想起了一个绝招，散布了那个谣言。他铺子里的存货很快就洗销一空了。

红布事情之后，咸包子的店铺兴旺起来。他后来就离开了小镇，多年后在市里成了一个富商。对于小镇的人来说，他成了一个传说。

恐惧从害怕老鼠开始

朋友成洁是个白领职业女性，今年三十岁了，至今未婚。她在朋友们的眼中是个素养很高的女人，既有独特个性，又几乎具有现代都市女性的所有优点。在休闲的日子，她喜欢在家里制作精美的欧式点心，好多朋友都到她家里品尝过这人间美味，同时还可以听到她的小提琴独奏。那种情调真正只能用四个字来形容，就是"赏心悦目"。成洁也有过一些男朋友，但似乎都是那种若即若离的关系，给人一种很潇洒的感觉。

但谁也想不到她曾经是一个有严重心理问题的女人。特别是从十八岁到二十八岁之间，她对老鼠产生的恐惧以致差点毁掉了她的生活。幸好她是个外表坚强的人，很少人知道她生活中的暗流、能够看到她的痛苦，以及她内心那极度的不安。

"您想不到的，我的心理问题是极端害怕老鼠。"有一天，成洁终于找到了一个可靠的心理医生。

"它总是躲在黑暗中，嘶嘶地尖叫和磨牙，它无处不在，恐怖极了。"成洁的口吻开始还是平稳的，说到这里声音终于开始颤抖起来。

"不就是老鼠嘛，哪里有这么可怕，它根本不会对人身造成任何威胁的。"心理医生故意不以为然地说。

"可是它对我造成了威胁，它就像魔鬼，每当我的脑海中出现老鼠的印象时，我的身上就会发毛，人就会颤抖、不安，仿佛到了世界末日，严重的时候我会晕倒在地，就是在童话和动画片中可爱的小老鼠、米老鼠之类的我也感到害怕，所以我很少看童话书和动画片，就是怕看到任何老鼠的现象。"

"是吗？你能不能设法不想或者忘掉老鼠这个讨厌的现象。"心理医生沉思起来，大概感到了事情的严重性。

"可怕的是，"成洁的低声带着一种明显的颤抖，"我想努力强迫自己不去想它，但它反而会更加强烈地出现在我的意念中，还有一个致命的因素是，只要我想过，感到恐惧之后，我才会感觉轻松一些，舒服一些，但如果我压抑自己不去想它的话，我的内心就会更痛苦，情况就会更糟。"

"你是什么时候开始害怕老鼠的。"心理医生想找到成洁病症的源头，但成洁根本就想不起来。这当然需要时间，但是好多天过去，她在心理医生的引导下还是没有回忆起来，那个第一次害怕老鼠的情景。就是有，也是一些记忆的碎片，而且稍纵即逝，根本就不能串联起来。

于是，这个有名的心理医生开始了对成洁进行心理治疗。

成洁的这种情况属精神强迫性障碍，俗称强迫症。心理医生开始对她进行了一系列的行为疗法、松弛疗法和药物疗法。但成洁对药物疗法有强烈的抵触情绪，药物的副作用使她痛不欲生。诊断进行了两个多月，成洁的心理病态症状并没有减轻，反而有恶化现象，她的感情经常剧烈动荡，因为不安，整个人深深地陷入了一种苦恼和绝望当中。由于治疗不见效果，成洁感到非常焦躁不安，连她的心理医生也像她一样焦躁，但所幸的是，她的心理医生，那个从美国留学回来的小伙子并没有丧失治疗好她的信心，他说他需要的是时间和不断的实践。

在接下来的心理门诊中，成洁的心理医生对她使用了自由联想和催眠疗法。听说要进行催眠疗法，成洁害怕起来，她明确表示过拒绝，但后来还是勉强接受了治疗。因为她知道自己的病情在恶化，当然对她的心理医生，她也是敬重和信任的。

催眠术能够使心理患者将旧时忘却的记忆回想起来，催眠治疗既不是魔术，但也不是超科学的奇迹，而是受过专业催眠疗法训练的心理学家通过诱导，将患者的意识集中到某个特定的一点或状态中，使当事人充分地放松身心。以往忘却的记忆和经历才能苏醒。催眠疗法的效果能减轻个人心理的不安，消除恐怖感，改变以前的生活习惯，使在潜意识中受到压抑的东西清晰地呈现出来。

在这种治疗中，成洁的呼吸和意识集中起来，大约花了二十分钟时间，她就进入了一种非常安静平稳的状态中，她的肌肉、神经、感觉器官等完全放松了，并达到了较深的催眠状态。心理医生开始指示她缓缓地将幼年的记忆自由地回想起来。一些儿时的细节开始在成洁的大脑中呈现，并经过有效的串联，有关她六岁时的一件非常重要的事情马上回忆了起来。就像一道奇异的闪电，将她记忆中的黑洞照亮。

成洁第一次害怕老鼠的情景是这样的。那是一个春雨绵绵的夜晚，一个月以前小成洁的父亲遭遇车祸身亡。六岁的小成洁躺在一间单独的小卧室里，辗转反侧，她想起自己的父亲，难受得哭了起来。父亲被车撞死的那一天，她在现场。父亲是为了给她买一个苹果，穿过街道时被一辆东风牌货车给撞死的。小成洁目睹了父亲脑浆迸裂肢体破碎鲜血淋漓的惨状。于是这一个月以来，她一直做噩梦。噩梦醒来，她就会把头深深地蒙在被子里伤心地哭泣。就在这时，一阵雷声滚滚，闪电从窗子里吐出血红的舌头。小成洁害怕极了。她再也不敢一个人睡了，她想到了睡在隔壁的母亲。她想睡到母亲的床上去，那样她就不会太害怕。尽管自从父亲死后，母亲一直在忙着自己的事情，很少关心成洁，有时候简直是来无影去无踪。

　　小成洁就像梦游一样地来到了客厅，母亲房间的门虚掩着，这时，从她的房间里传出了母亲和一个男人说话的声音。那声音听起来熟悉，小成洁还以为是父亲的声音。"爸爸，"但她马上意识到她亲爱的爸爸已经永远不在了。那是谁？小成洁带着好奇走了过去。她脚步轻轻地来到了门口，从门缝里望了过去……就在这个时候，她感到了脚下有一个毛茸茸的东西，她低下头去，原来是一只老鼠，在黑暗中睁着血红的眼睛，尖尖的嘴巴，龇着牙望着她时仿佛带着一丝冷笑。那只可恶的老鼠很快消失在黑暗中。她害怕极了，但还是忍住了惊叫。因为她从门缝里看到邻居张叔叔。父亲在的时候，他就经常到家里来，后来父亲同他吵了一架，就再没来过她家了。想不到父亲死了他又来了。

　　小成洁的瞳孔在门缝里急速地张开，他看到那个张叔叔紧紧地抱着她的母亲，母亲流着泪，让他抱着，就像一个布娃娃那样乖乖的。张叔叔擦了擦母亲脸上的泪水，见母亲不动，他就动手脱起了她的衣服。

　　"不，不行。"小成洁看见母亲抵抗着，但那个男人的力量很大，母亲的抵抗是徒劳的，或者母亲的抵抗根本就只是做做样子。母亲的外衣很快被张叔叔给脱了下来。"不行的，他才死啊。"母亲喃喃地说。但她的嘴巴很快被张叔叔伸进来的舌头给锁住，说不出话来了。母亲发出了轻轻的呻吟，她的衣服很快被张叔叔给脱光了，与此同时，张叔叔把自己的衣服也脱了下来。

　　母亲后来就躺在了床上，她发出的声音更大了。她呻吟着，就在这个时候，小成洁突然发现了张叔叔用一只黑黑的可怕的"老鼠"去咬母亲的下腹……小成洁终于吓得大哭起来，她不要妈妈了，她跑回了自己的房间……

　　经过心理医生的精神诱导，成洁从催眠中苏醒过来。接着又经过了几次催眠治疗，她的强迫性思考和症状开始明显减轻。

　　据成洁的心理医生介绍，她的强迫性障碍的最早现成机制，就是她六岁的那段经历。这是一种儿童时期的"性神经症"的压迫。它体现在三个方面，一是对父亲之死的深深愧疚。二是母亲的不守贞洁，她对母亲的行为一直感到耻辱，因而导致到她自己成熟的性得不到展示。三是男人的性攻击，在她幼小的心灵中造成了抹不去的阴影和恐惧。可怕的"老鼠"在这个案例中实际上成了一种性的象征，这使她对性产生了深深的厌恶感。这或许就是她同她那些男朋友若即若离的根本原因。

　　成洁其实也曾一直试图忘记那段耻辱和恐惧的回忆，但是它往往会以更强大的力量从她的记忆中冒出来。如果强行压抑，其结果是自我欲求的扭曲和心理葛藤的产生。从忘却到记忆，从压抑到反压抑的精神消耗过程中，那个记忆没有被消除，反而积蓄在了她的记忆中，就一步步地形成了强迫症。

　　心理医生终于找到了成洁病理机制形成的原因，经过几个月的治疗，成洁的生活渐渐恢复了正常。她的那些朋友更喜欢往她家里去了，一个风度翩翩的大学副教授成了她固定的男友。从此，在她的微笑后面再没有掩藏着巨大的不安了。

当爱意戴上面具

　　那天我见到柳倩的时候，简直吓坏了，一时怎么也不相信自己的眼睛。这就是那个曾经光彩照人的小资女吗？我曾在朋友中听到一种说法，说她是我们这个城市里美貌、心智、气质三者结合得最好的女孩。据说从五六岁起，她在电台从事音乐工作的父母就开始把她培养成一个淑女而努力了。而现在她成了什么鬼样子啊，心神不安，脸色苍白，一双大眼无神地突出，浑身在初夏的阳光中战栗，右手时不时捂着嘴巴，一副欲呕未吐的样子。

　　你是不是病了？我连忙问。

　　但她摇了摇头。

　　那你是不是也吸上了毒？我又问。知道这样问太唐突，也不太礼貌，但我实在是为我这个朋友担心。

　　不是，你想到哪里去了，我像是那样的人吗？柳倩有些愠怒地对我说。她的话令我有些心安，还好不是吸毒，要是这样就完了，我松了一口气。我的朋友圈子里文艺界的朋友占了大多数，经常听到不是这个就是那个吸毒的消息，除了惋惜他们的堕落，痛惜他们走上了不归路之外，一点办法也没有。

　　原来柳倩是被人骚扰所致。在上岛咖啡馆，柳倩给我讲述了她的遭遇。

　　柳倩今年二十七岁，毕业于中南财经学院，现任某公司财务主管。男朋友在美国留学。柳倩外表文雅，但内心是个多愁善感的女子。业余爱好文学，以荷开那夜的笔名在报刊上发表散文，是我们这个城市里小资写作的代表人物。

　　记得去年，她在晚报上发表了一篇名为《我们应该经历的疼痛》的散文，曾经在文坛上闹得风风雨雨。在我看来，这是一篇很普通的心情文章。但是没有发表多久，就有人撰文揭露这篇文章是抄袭之作。当时我看了就会心一笑，像那种小散文，本来就是作者写着好玩的，是看了一本书中一个感人的情节而引发的一点小感慨，谁看了也许都会这样写。柳倩月薪七八千，也绝不是那种赚几个小钱去做文抄公的人。我以为就这样过去了，想不到的是，后来就见到几篇文章揭露她，说她的大部分文章都是抄别人的，还谈到了她虚伪的生活。记得我当时气愤极了，觉得这肯定是个阴谋。我还到报社去见过一个朋友，给他说明事情的真相，要求他们不要再刊发此类侮辱柳倩的文章，并澄清事实，替柳倩恢复名誉。报社领导经过调查后答应了我的要求。

　　后来我还给柳倩打过一个电话，要她想开一点，记得她还对我说湖南著名作家叶蔚林和韩少功都遇到了这样的事，她一个小作者算什么，何况经过这样一炒，知道她荷开一夜的人不就更多了。她在电话里笑得很开朗，我认为她一点事也没有，也就放心了。

　　想不到的是，柳倩其实是很伤心的。为了这件事，她的情绪曾经低落到了极点。记得那些日子她天天晚上到酒吧去喝酒。有一次，她的座位旁边坐着五六个大公司的白领。他们喜笑颜开地，吵吵闹闹地坐在那儿喝酒聊天。在昏暗的灯光下，只有一个三十多岁的男人独自坐在一边，一个人落落寡欢地闷头喝酒。柳倩正好和这个男人坐在一起。柳倩在转动椅子的时候，碰了这个孤独的男人一下。忙说对不起，那个男人只是微笑，一种不屑一顾、看破一切的样子，只顾闷头喝自己的酒。不知过了多久，她的眼前出现一个酒杯。干。那个男人说，她也就举起了酒杯应和他。这时她看见了他眼里有一种异样的闪光，她的心里也随即一动。

就这样，他们相识了，在那个名叫金色年华的酒吧，几乎每天晚上都来这里喝酒。一般都有各自的朋友。人多时也就只打打招呼。只有他们两个人的时候，他们就自然而然地坐在了一张桌子上。在外人看来，他们就像是一对情侣。一个星期后，柳倩才知道这个男人叫范原。在一家厅机关工作，不久就要晋升为处长了，是个权力核心部门。他已经结婚，但和夫人的感情不好，都快要走到离婚的边边上了。

想不到的是，范原开始追求起柳倩来了。没多久他就对柳倩说，他已经和老婆签订了离婚协议，他说他现在才知道，自己真正需要的爱情是什么。说着说着，他就从怀中掏出一个昂贵的钻石戒指递给柳倩。柳倩一下子傻了，问他想干什么。他说，柳倩，我希望你能同意嫁给我，我现在就向你求婚了。

这不行，柳倩几乎是大惊失色地说，我有未婚夫的，我们感情很好。她怎么也没有想到范原会这样。

这没有关系，我对你的爱比这个世界上的任何男人都要深。

你怎么能这样说，我们互相之间根本就不了解，说实话，我对你也根本没有感觉，就在这酒吧里见过几次，我们不过是个陌生人。说句不怕伤害你的话，我们现在连朋友都还不是，如果你要找那种风尘小姐，告诉你，我不是那种人。柳倩说，说着说着，口吻中还带着一分严厉。

范原说，但我真的是不可救药地爱上了你，柳倩不等范原的话说完，转身就走了。

柳倩不再去那个酒吧了，她以为这样范原就会在她的生活中消失。但她没有想到的是，范原会在街上等她，手里仍然攥着那枚钻石戒指。有时还高举着一束鲜艳的玫瑰。口里还喃喃自语，柳倩，你一定要嫁给我。柳倩不由浑身感到一阵阵恐怖，赶紧打了一辆出租车回到家里。

柳倩一口气回到家里，走上台阶，暗自松了一口气，突然她看到一个身影追了上来，是范原，他在跟踪她。她做梦也没有想到他会跟踪他，她以为他和那些好色男人一样。知道适可而止。柳倩顿时吓得五魂丢掉了三魂，赶紧把门关上。

范原站在门外，用一种低沉的男中音说：柳倩，你听我说，我不要你马上答应我，你只要给我一个暗示，一个可能性，我就会永远等下去，因为我不能没有你。

柳倩见范原赖着不走，就把门打开一条缝，说你再不走我就要报警了，僵持了一会儿范原才走了。这天晚上，害得柳倩做了一个噩梦。

之后几天范原就没有来了，柳倩还以为范原碰了钉子，这一下平安无事了。想不到不久，他的声音又通过电话传了过来。他不知怎么查到了柳倩的电话，从此以后，他每天都打来骚扰的电话。严重的时候，一个晚上打五六十次。柳倩气极了，就把电话停了，但这样一来，她与外界的联系也就都切断了。

更恶劣的是，他还给她单位打电话，一时说她遭遇了交通事故在医院抢救，一时说他和她昨晚在宾馆里开房，搞得一个单位上的人都以一种奇异的目光瞧着她。

但范原还是得不到满足，开始给柳倩写起了信。信中就只反复写着我爱你我要你之类，有一次在信中还夹着一只安全套。柳倩感到非常恶心、难受。她收到这些信就立刻烧掉，冲走，害怕留下一丝尘埃。不过，柳倩还是犯下了一个致命的错误。如果她一开始就把这些数量惊人的骚扰电话录下来，把那些猥亵信件收集起来，交给警方的话，她的麻烦肯定就结束了。

不久，柳倩到美国探亲。回来时她以为一切都结束了，但想不到的是，她一到家里，就发现家里少了她的几张照片和几件内衣。显然，范原进过她的家。柳倩便把房子租给了别人，自己再在另一个小区租了一套房子。此后两三个月，柳倩的生活都平安无事。

也不知从什么时候起，柳倩总觉得每天深夜，快睡得迷迷糊糊的时候，住室的门都在轻轻转动。柳倩感到恐惧。白天一看，又没有发现什么痕迹。心想是不是自己疑神疑鬼。

有一天晚上，柳倩没有睡觉，干脆就守在门把手后面，想不到晚上十二点多时，突然一声轻微的响动，门把手果真转动起来。柳倩的心恐惧得要跳出喉咙来。过了一会儿声音就消失了。但不一会儿又响了起来。这时柳倩疯狂了，在屋内大叫一声，并把门打开。但是她只看到了一个黑影。突然间，柳倩天旋地转，倒在地上失去了知觉。

第二天，柳倩报了警，但没有证据也就一点办法都没有。

从此以后，柳倩病了，感到强烈的恐惧、无力和战栗。身体明显消瘦，呕吐，缺乏食欲，集中力低下，睡眠困难，噩梦连连。还出现各种幻觉、错觉以及过分的警戒反应，就像我见到的那样。后来经过心理医生的精心诊治，五个月后，她的情绪状态已超稳定，身心已有了很大程度的恢复，但是她的噩梦还没有从根本上消除。

追求完美的心碎

　　朋友们都知道，西度是个追求完美的人，他今年三十岁了，有事业心，在单位上是个优秀人才。不久，朋友们才听说他得了一个奇怪的毛病。他总是不断地打扫整理自己的房子，直到一尘不染。而且为了维护房间清洁，他竟然不忍住在家里，而是整夜露宿在公园的长椅上，或者街道某个僻静的角落。

　　朋友知道后，劝他，说房子是给人住的，不住人那还叫房子吗？

　　西度就只是笑，多么干净整洁的房子啊，弄脏了多可惜。他说，他的话令朋友们为他深深担忧。做一个追求完美的人并没有错，但是你不能做得太过火了。朋友们都为他的走火入魔而感到惋惜。

　　如果你听到一个人来露宿街头，那么你肯定认为这个人要么是一个流浪者要么是一个乞丐。但西度不是这样的人。据心理医生说像西度这样的人，是因为仪式化的强迫行为造成的。

　　西度的理想是开一个规模很大的连锁超市。他的嗓音具有热情和穿透力，深沉浑厚，在他的朋友中就像一块磁石，他有着无比的凝聚力和号召力。心理医生在接触他时，也认为他很聪明，有着不可思议的魅力。在朋友和心理医生的眼里，他都不像是一个患者。

　　小时候，西度喜好穿得漂漂亮亮，比一般的小男孩要整洁干净得多，成为左邻右舍小孩们的榜样。他在七岁时曾经出现反复洗手的现象，家里人没有引起重视，都认为这是一个好习惯。邻居们远远地看到他，都会对他投过来赞许的目光。你看那个小男孩，多么干净，卫生习惯多么好，不像我家的小强，整个就一脏猴。小西度听了这话，心里当然就美滋滋的。

　　到了读初中的时候，西度开了生物课，他开始对细菌讨厌起来。觉得路人咳嗽都会传染到自己。只要手摸到什么不干净的东西，他就心神不安，哪怕是正在上课，他都会请求老师出去洗手，他要是不洗手的话，他那一天就像是世界末日。这样的状况持续了半个学期后，西度有了好转。因为他已经开始意识到他的这种行为可能是一种病态。他在心里刻意抵制这个"好习惯"。他在用了同学的钢笔后故意不洗手，没有多久，他在同桌的书本上看到的再也不是到处爬动的细菌了。他与同学们的亲密接触多了起来，同学们都说西度变了，变得没有以前那么冷漠孤傲了。

　　但是这样的状况没有维持多久，西度开始刻意规范起同学们的行为来。他要求同学们只能这样，不能那样，他看不惯的事情越来越多，眼睛里揉不得沙子。有一天他看到一个同学在操坪上捉到了一只小麻雀，那个同学用一根绳子缚住了小麻雀的翅膀，他觉得他这样做很残忍，当着同学的面批评他不善良不文明。他的批评终于把那个同学给惹火了，两个人狠狠地打了一架。闹到老师那里，老师竟然也不知如何处置。就各打五十大板，老师在批评西度时说，你这个人也不要太完美主义了，这个世界没有你想象的那么简单。老师说这句话的时候语重心长。

　　从此以后，同学们就私下地给西度取了一个绰号，叫"大地上最后一个完美主义者"，尽管这个绰号有点长，但同学们都是善意的。他们对这个执着的人还是充满了好感的，尽管有时觉得他有点儿走火入魔，对他也就敬而远之。

上高中那年，西度的母亲去世。他又出现了反复洗手的毛病。他自己是想从强迫行为中摆脱出来，但又感到无法摆脱。西度的心理问题，一方面是母亲死后他受到的照顾少，另一方面父子之间的沟通不多，父亲一般只提出忠告，对孩子的心理苦恼并不知道。在潜意识里，西度一直不认为洗手是一件坏事，他曾经染上了饮酒的习惯，但马上就控制住了，他原以为洗手也能像饮酒一样能够控制住，但不知是什么原因就是控制不了。他越是隐藏，就恶化得越厉害。有时半夜起来，要洗好几次手，洗了手才能够入眠，否则就辗转反侧。

二十五岁时西度大学毕业，三十岁时他与大学时的同学董洁结婚。之前，在别人的介绍下，他与多位女性来往。其中有两位，他差点与她们结婚了，但最后就是因为无法容忍她们身上的一点小毛病而告吹。说来可笑得很，他与她们分手的原因，一个是有一次吃饭时没有洗手，另一个是在谈起她的一个同事时她骂了一句脏话。西度之所以与董洁结婚，并不是她身上就没有那些他不能容忍的毛病，相反，随着他们的亲密接触，那种他不容忍的毛病是越来越多。要是知道她晚上回来，他就不安起来。生怕她从外面带来细菌什么的。他之所以同她结婚，就是为了抵抗自己的这种病态。

初结婚的那几年，西度的毛病确实有了好转。但后来两个人的感情开始恶化。彼此都觉得不适应。他们都开始尝试接交起外面的异性朋友。当然不是当第三者。有一天，西度回到家里，见到家里有两个男士，看样子董洁和他们相处得蛮融洽。西度看到家里一片狼藉，对他们理都没理，就皱着眉头径直到了自己的卧室，把自己关了一个晚上。三天后，西度和董洁就分居了。董洁住在了外面，再也不回来。

从那天开始，西度就把自己的房子打扫得干干净净。那两位男士留下的痕迹和指纹都被他擦得一干二净。他把所有的窗户都打开，把他们的气息都排了出去，才作罢。西度的房子里几乎是真正的一尘不染。到了晚上，他又不安起来，他想到睡在家里就会把房子弄脏。他为此忐忑不安。最后他只好准备了睡袋，睡在了公园的长椅上。

从此以后，西度一般就睡在公园的长椅上，周围的树丛要多一些就更舒服。一开始觉得自己像流浪者而感到羞耻，后来这种感觉就逐渐消失了。一次睡袋被长凳上的钉子钩了一下，他回家后反复检查睡袋，花了几个小时看是否还有别的地方坏了。然后用香皂和开水反复洗烫，这样他才不会感到恐惧，他才会感到心安。有回到天国的感觉。但这种感觉不会延续太长，他又会感到一种新的不安，就像进入了地狱。

西度觉得在外面睡得比家里还香，心理医生就问他，难道外面不是比家里更脏？西度说自己也觉得不可思议。只要能保持家里的干净，他在外面就能容忍脏。因为只要想到家里是干干净净的，他心里就高兴。

有一次，他在外面睡觉时遇到了麻烦。那天天气寒冷，他钻在睡袋里，梦中突然发现有手伸进他的睡袋，一个手电照亮了他的眼睛。原来是一个警察。警察怀疑他是最近通缉的一名犯罪嫌疑人，就把他带到了公安局。最后当然证实他不是。他有研究生学历，在单位上是个优秀的人才。警察送他回去的时候，就像看着一个怪物，怀疑这个人的脑子是不是给钱烧坏了。

这次的事情并没有令西度有所好转，他只是觉得以后应该睡到更为隐蔽的地方。一方面，他在家里要保持整洁；另一方面，他在孤独肮脏中度过了一个一个夜晚。但西度始终没有失望，即使在他反复洗手时，他还是在想，有什么办法从强迫症中逃出来。

心理医生最近对他采取了积极的治疗方案。一是用药物治疗，二是心理咨询，三是行为疗法，四是建议他与妻子住在一起，心理医生认为妻子的照顾对他的生活更有好处。西度在精心的治疗下，病情开始有了好转。但是在药物方面，过敏性抑制素对他完全不起作用，医生正在为他寻找更适合的药物。

　　有了妻子和医生的关心，西度明显感觉到内心的那种不安在减弱。他相信自己的病不久就会治愈。

一个女公交司机的日记

2 月 14 日　晴

今天是西方的情人节，从下午四五点开始，街头上的人流开始猛增。塞车的现象也比往日更加严重。不过，心情反而没有以前那么急躁了。看到街头上的年轻妹子都打扮一新，手里捧着鲜花，一脸春意盎然，人也好像受了感染似的，想起自己十七八岁时，真是有意思极了。那时候的我，现在想起来真的好笑，天天做梦，梦见自己的白马王子，那时其实我还没有恋爱，我接触过的伢子，好像没有一个对我有感觉的，我当然也没有对谁产生过暗恋。不过白马王子的形象倒是经常出现在我的梦中，他是一个身材高挑、偏瘦、皮肤微黑的男子，那种我所欣赏的很机灵很调皮的样子。现在想不到的是，现实和梦想会有那么大的距离！清和我的梦中情人刚好是相反，个子不高，肤白，人还胖胖的，特别是还戴着眼镜，一看就是个斯文人！找这样一个人过一辈子，这才是我做梦都没有想到的。

我从小就相信，人只能接受命运的安排。虽出身农村，但我从来没有为自己的命运担过忧，从来没有把自己的命运定格在一个农村少女的位置上。上初中不久，爸爸就花了一万多元钱给我买了一个长沙城市户口。那时候我就是城市人了，那些女同学都羡慕死我了，有的在我的面前还自卑来着。我也没想着要考大学，我知道，只要我不读书了，父亲就又会拿钱在长沙给我买一份工作。他说过，女伢只要有一个工作就行了，主要是要嫁得好！难怪在别人的眼里，我的父亲就只是一个农村里的暴发户。不过，这很对我的胃口，要是他像别人的老爸一样，要我发狠读书，那我不是更惨。

今天开车还蛮顺利的，没有出现紧张状态，乘客也没有往日那么多，有一趟车很挤，但也没有听到乘客们有谁发牢骚。一直搞到晚上十点多才下班，但是我心情仍然很好，一点疲劳的感觉也没有。大概是挡板上的那束鲜红的玫瑰的缘故。想不到，清会给我送玫瑰来，都老夫老妻了，他也不是一个很浪漫的人，去年他就没送，搞得我心里老不愉快。我今年都没有指望了，想不到下午三点的时候，从袁家岭站上来一个人，他整个人朝我贴过来，我一惊，以为是一个搞性骚扰的人，想不到是清，他把花放在我搁在方向盘的手上，迅速地亲了一下我的脸，人就跳下了车。我喊都没喊得应，他就走了，他可能也是害羞了，可能还有工作要做。我的脸一下子就红了，这种甜蜜真是无法用语言表达出来。这时车上的乘客鼓起掌来，我觉得车上的乘客还从来没有这么可爱过。

4 月 8 日　小雨

今天上午公司召开安全学习会议，散会后，和周珊、肖娜她们在周姐的办公室玩，我们谈论起一个女司机王姨失踪的事情。我最早开车的时候，和她是同事。但就在一个月前，她在清晨四点半从家里出来上班，突然就失踪了。怎么也找不着。那时我们这些女司机都好恐慌，王姨四十多岁了，人也没有一点看相，身上也不会有什么钱，连一枚金戒指都没有，劫财劫色都不可能的啊，但她就这么莫名其妙地在人间蒸发了。活不见人死不见尸，搞得我们公司女司机的家属那几天都不敢让她们单独上下班了。

现在一个月过去了，王姨仍然没有任何消息。

记得王姨那时经常从家里带点酸枣粑粑之类的小吃给我吃。还有一次，我因为停车的事和同事小刘吵了起来，他说我的车没停好，影响了他发车，我都气得要哭了，是王姨过来，把小刘说了一顿。现在真的好想念她，希望老天保佑她，至少让她活在人间，不管活得好不好。

5 月 5 日　晴

今天我的驾驶证又被交警叔叔给扣了，下的"罪状"是乱停上客。这个站以前是能停车上客的，但后来取缔了。而我的车在经过这里时，我总是有一个停下来的习惯。当时，刚好这个现在已经不是站的站上有五个乘客在等待，我就停了车，让他们上来了。不想，一个年轻的交警叔叔不知从什么地方冒了出来。他做了一个手势，让我把刚刚发动的车停下。我知道这下麻烦来了。虽说有冲关的冲动，但我还是把车停下了。交警叔叔给我行了个礼，就要我出示相关证件。这时，我凭以往的经验，并不急于拿出证件。而是笑着走近他，并向他解释，这一回是特殊情况，下不为例之类。那个交警叔叔其实比我大不了两岁，却不笑，嘴里说着这怎么行，还是要我把证件拿出来。我知道美人计不成，便把证件交了出来。心想，他妈的，你扣吧。你上个时辰扣，老娘下个时辰就拿出来！交警叔叔也不含糊，真的给我开了一张暂扣凭证。

我把车开走了，在路上我就给小马打了一个电话，说明了我被扣车的原因、地点。他说，没问题，你就交给我办吧。我的车子开到终点站的时候，小马就骑着摩托车过来了。他要走了我的暂扣凭证。这拿证的事是拖不得的，要是那个交警叔叔上交了，到了大队上了微机，那就很难拿出来了。不仅要罚款两百，还要上一个星期的学习班，两百块钱好说，这一个星期的学习班谁熬得起啊。我把暂扣凭证给小马的时候，还递给他两百元钱，小马却无论如何也不要。他是吃了难饭的，公交司机的证件和车子被扣了，一般都是找他。照理他是应该要钱的，但前几天，他有一个事，要我给清说了，清给他帮了忙。他就死活也不要这个钱了，我也就作罢。

看来那些吃了难饭的人还一是一，二是二，蛮讲义气的，难怪他们在这个社会上特别吃得开。

6 月 12 日　阴天

总是叮嘱自己要小心小心再小心，但还是又出事了。车子在阿波罗站上停车下客时，我以为乘客都下车了，但想不到在关后门的一刹那，又一个小伙子下车了。车门夹着了他的脑袋。我听到叫声马上把车门打开。在反光镜里看到那个小伙子下了车。谢天谢地，应该没有什么大事。想不到的是，那个小伙子跑到了前面来，不由分说，一拳就把车子的挡风玻璃给砸碎了。

我连忙下车来，那个小伙子对我破口大骂，他的手在砸玻璃时弄伤了，流了血。我一时吓蒙了。

好不容易镇定下来。我说，车门夹着你了，受伤了我给你看，我出医药费，你砸了我的挡风玻璃，你要赔，这玻璃是进口的，要两三千元钱。那小伙子听了这话，人一下子就慌了，说你夹伤了我的头，我打了你的玻璃，两不相欠，说着就要走人，我哪里能让他走。这时，车上的一个乘客打了 110，不一会儿，110 就开着警车来了。110 民警了解情况后，就把我们带到火车站派出所，火车站派出所的民警说这不是他们管辖的范围。于是 110 的民警又把我们带到了竹园路派出所，竹园路派出所的民警也说管不了这件事，这种事应该是由公交公安分局管。于是，我们又到了公交分局。到分局的时候，我们车队的队长和安全队长都来了，就在上楼的时候，那个小伙子要溜，我见势不好，一把把他给扯住，忙叫我们的队长过来。事情不处理好，你怎么能跑，我们的队长严肃地对他说。但那个小伙子说，他不是想跑，他是要找个厕所呕吐，他头痛得厉害。

到了分局办公室后，那个小伙子嚷着头痛得厉害，说是车门把他的头都夹破了。分局的民警马上开车把他送到了附近的医院。民警事先对他说，本来车门夹到了你，有伤就给你治伤，但你无故砸烂玻璃，有过在先，到医院做 CT，要是你的头部真有问题，公交司机负责出钱给你看病；要是没问题，是你装病，那做 CT 的费用就由你自己出。那个小伙子说，既然这么麻烦，那就不做了。但我们的队长说，你最好还是做一个，要是真的有问题，我们会负责任的，你头痛得不是很厉害吗。小伙子听了这话，就说那就做吧。

做了 CT，表明小伙子头部没有问题，我这一下放心了。我们又从医院赶到公交分局，分局做出的决定是由这个小伙子赔偿挡风玻璃的钱，1600 元。这个小伙子一听就傻眼了，他想不到这冲动的一拳，付出的代价是如此沉重。小伙子是外地人，北方的吧，手上也没有钱，他最后只得给他的叔叔打了一个电话，他叔叔马上赶来了，了解情况之后，付了钱走人。

7 月 23 日　炎热无比

下午在家里休息，开着空调真是舒服死了，想想今天下午要不是轮休，要是上班的话，那真的是想死。睡了一觉起来，翻了一本书，是清放在我的床头上的，是本短篇小说集，清说其中有一篇是著名女作家池莉的《冷也好热也好活着就好》，是写公交女司机的，他建议我看看。好几天了，我一直没看，今天实在是悠闲，电视也没有什么好看的，于是我就看起了这篇小说，讲的是武汉夏天的事情，长沙倒是和武汉一样热。说的是一个叫燕华的女公交司机，脾气大得很，她男朋友根本就惹她不得。我一看到这里火气就上来了，清一直怂恿我读这个东西，原来他是有预谋的，是在间接指责我脾气大，要不是今天心情好，我真会把这本书撕掉，让清的计谋不能得逞。

不过，我还是读了下去。渐渐地读出了味来了，这个女作家真的了不起，作墨其实不多，但把我们公交女司机的形象真的一下子就勾勒了出来。读着读着,我就不由得笑了起来。小说中说,燕华向她的朋友们说了今天她车上售票员小包和乘客相骂的事。说是两个北方男人坐过了站,小包要罚款。北方人不肯掏钱,还诉了一通委屈。小包就说:"赖儿吧唧的,亏了裆里还长了一坨肉。"北方人看着小包是个年轻姑娘,不敢相信自己的耳朵,大声问:嘛?小包也大声告诉他们:鸡巴。不懂吗?北方人面红耳赤,赶快掏出了钱。哈哈,在我们长沙像这种没有鸡巴的男人也不少,我见得可多了!在公交车上我们同乘客吵架的事情真是太多了,都是些鸡毛蒜皮的事,想不到在作家的笔下却是那么形象、生动。

读到小说的最后,我都感动得要哭了。说是燕华清早起来,第一趟车四点钟准时发出。她驾驶着两节车厢的公共汽车,怕惊醒了沉睡的人们,尽量不踩油门,让车像人一样悄悄地行走。

10 月 14 日　雨

今天我正准备下班的时候,一个打扮得十分洋气的妙龄少妇走进了站房。一身的香气逼人。她拍了一下我的肩膀,我才看清她是小宝。我兴奋得大叫起来。小宝是我在公交技校时的同学,那时她是我们的校花。记得我们开着教练车上路时,我们的教练老师都色眯眯地盯着她,无心教学呢。其实小宝是一个很要强的女孩子,生怕人们叫她花瓶。说她的车开得不好,我们分配在一条线上,她总是把我作为竞争的对手,有时我受了表彰,她要是没有,就嫉妒得要命。有一次她出了一个小小的事故,安全队长事后分析,说是她处置不当,她气得号啕大哭起来。最后安全队长转弯说她的处理其实也是有一定的道理的,她这才不闹了。

由于她的努力,年终的时候她被评为车队的先进分子。都说她是个天生的女公交司机。据说有好多小伙子到车上来就是专门为了来看她。没有多久,就传来了她谈恋爱的消息。还真的是公交车奇缘。省政府一名工作人员在乘车时对她一见钟情。他一有空就上车，疯狂地追求她。没多久，他们就结婚了。都以为是美满的一对，但想不到的是，没多久就传来了他们离婚的消息。小宝离婚之后，就没有再上班了。我也和她失去了联系，想不到今天她来看我了。就在我热烈邀请她到我家玩的时候，她说她马上就要走了。说她那位在车上等她。我和她一起走了出来。小宝马上向街边上的一辆小车走去，她的那位没有下车，小宝钻上车，那车就一溜烟跑了。我知道小宝是故意来送给我们看的，看她过得不错，有大款相伴。我没有看到小宝的那位大款，不知他是她的丈夫、情人还是别的什么？他是一张苍老的还是一张年轻的脸？

我什么都不知道。

我只知道小宝的生活越来越偏离了正常的生活轨道。我有点替她担心。

10 月 28 日　晴

上个月我以一个普通驾驶员的名义给总公司的报纸写了一封信，我希望这封信能够发表出来，并引起公司决策者们的重视。我的信是这样写的：我是一名普通的公交车女司机，我想提一个建议。在公交车上经常有扒手光顾，有很多乘客失窃后痛不欲生。我作为一名在现场的司机，心里也不好过，怎样杜绝这种事情的发生呢？我想应该还是有办法的，乘客失窃都是由于不小心引起的，加上那些狡猾的扒手总是在车上摆迷魂阵，在乘客们麻痹大意时下手，所以他们总是屡屡得逞。其实一个扒手不管他多么狡猾，都是有特征的，能认得出来的。只要扒手一上车，我就认得出来，但我是不能阻止他上车的，这是众所周知的事情，我想要是在报站器上也录一个注意扒手的音，在报站后放出来，提醒车上现在上来了扒手，要乘客们提高警惕，那么扒手就无法得逞了。

一个多月过去了，我们内部的报纸上并没有把这篇文章登出来，也没有引起领导层的重视。

可能是我的这个建议太幼稚了吧。

12 月 12 日　晴

今天我老妈在南岳寺庙给我求来了一块平安符。我要天天戴在身上。这一向公交出事真是太多了。112 路有两次在桥上冲下来时失控，一次把一个桥墩撞了，一次把一根粗大的水泥杆给撞倒了。真是惊心动魄，幸好没有伤亡。据安全会上说都是因为刹车失灵造成的，下次开车一定要事先检查刹车是否完好。昨天就更惨了，同事小肖在经过火车站北侧时，由于车速过快，把一个过马路的人给轧死了。那个人是省军区一个年轻有为的军官，小肖当场被拘留了。据说还要判刑啊。真惨！

想起今天上午的事都后怕，我在沿江大道上行驶时，旁边一个骑自行车的小孩不知怎么搞的，就直朝我的车子撞了过来。由于当时车速较快，我刹车是来不及了，但还是采取了紧急刹车措施。眼睛的余光从反光镜里看到那个小孩和那辆单车被压在了车子底盘下。当时我的耳朵里灌满了车轮刮擦地面的声音和乘客们的惊叫声，我一下子失去了思维。脸当时肯定也是煞白。脑壳里就只有一个念头，"完了，这下子完了！"停下车后，我滚下了驾驶室，看到了那辆单车倒在前右轮的边上，被轧得稀烂。我几乎站立不稳，心想那个小孩肯定比这辆单车还惨，不知被轧成什么样子了。就在我在地上寻找血迹的时候，那个十二三岁的小男孩却从车子底下钻了出来，毫发未损，只是一脸惊惶。感谢老天，我的心一下子落到了实处。高兴得真想抱着这个命大的可爱的小男孩亲上一口。事故完全是这个小男孩造成的，但我连责备他的意思都没有，拿出两百元，要他去买一辆新单车。男孩接过钱时笑了，我对他说，你以后骑车子可一定要小心啊。小男孩认真地点了点头，我就马上钻进驾驶室，把一车的乘客送到他们想去的地方。